Markus Krenosz

Keinerland

Bibliografische Information der Deutschen Nationalbibliothek: Die Deutsche Nationalbibliothek verzeichnet diese Publikation in der Deutschen Nationalbibliografie; detaillierte bibliografische Daten sind im Internet über http://dnb.dnb.de abrufbar.

© 2024 Markus Krenosz
Verlag: BoD • Books on Demand GmbH,
In de Tarpen 42, 22848 Norderstedt
Druck: Libri Plureos GmbH, Friedensallee
273, 22763 Hamburg

ISBN: 978-3-7597-8709-5

Keinerland

Voran an Mauern ein Schatten, im Mondlicht den schmalen Pfad zum Hintereingang des Hauses, über einen Flur Männer an einem Tisch, Kerzenlicht einsam flackernd ins Dunkel.

„Niemand hat dich gesehen."

„Es bleibt nicht viel Zeit!"

Wache Augen geboten Ehrfurcht, die Männer nickten; zur Flucht bereit bannte der Holzstab in Thrakoms Hand, mannshoch, in Leder gewickelt.

„So ist er sicher", wandte Thrakom sich an Ordan. Bring ihn fort, der Stab gehört Pronus nicht!"

Anhänger sammelten bei hetzerischen Reden und der König log Neubeginn, handelte unberechenbar seit dem Tod der Frau, wurde immer stärker; feindliche Gesinnung, vernichten drohte, wilder Machtrausch begehrte, den Kreis der Räte zu zerschlagen.

„Der nächste Stabträger ist doch einer von uns!"

Chaos im Sog und Sturm, bisher geltende Verhältnisse zerbrachen. Ordan verlangte nach Antwort.

„Der Stab erwählt, der Träger vollendet um des Volkes Würde und Willen die Verbindung", erinnerte Thrakom, aber war nicht zufällig bei der Versammlung gefallen. Pronus wird gnadenlos Gehorsam fordern.

„Der Feuerstab dem Rat und Volke!", rief einer der Männer. In Aufruhr, ungerecht zu ändern, ersehnt ein starker Führer, nährte Befürchtungen, der Stab der Macht wechsele die Gefolgschaft.

„Gibt er Pronus seine Kräfte frei, sind wir verloren." Zuvorkommen, rasch handeln. „Ordan, der Stab muss zu Philodemos! Den Wald die Hänge hinauf leuchtet er den Weg, sieh nicht zurück. Geh jetzt! Du wirst erwartet wie vereinbart?"

Aber einer Welle Kraft durchströmte, willenlos gezupfte Saite, Ordan löste sich, umschloss aufs Neue. Thrakom sprang hinzu, eishellblau jäh, weißes Licht, Mut erfasste.

„Alles ist vorbereitet." Ordan, rätselhaft eingenommen, lief zur Tür. Die Schwäche enttäuschte, allein in Philodemos setzte Thrakom Zuversicht.

Die Häuserkluft hinaus zum Fluss, auf der Brücke Soldaten, heiter und keine Gefahr, Angriff in Gedanken, dass Ordan nicht verstehe, daher aus der Welt gerissen, er stolperte, Klingen immer näher, verwunderte der Stab im Zauber.

Bereits auf der Flucht durch den Wald, sah sich Ordan gefangen, war eben noch im Kampf mit den Männern und atmete erleichtert auf. Die Soldaten, gerade an ihm vorbei, beachteten nicht, Betrunkene kamen schlenkernd entgegen.

Von der Brücke auf den Kai, über einen Platz, eine lichtverlassene Straße lang, setzte Ordan eine in die Häuserschlucht steil grabende Stiege nach oben, keuchte schon auf dem Plateau. Schornsteine auf Dächern schimmerten, ragten heran. Kuppeln, Türme wechselten mit Kronen hoher Bäume, Haus um Haus am Hang bis weit über den Fluss, Hügel und Brücken zu den Felsen im Sternenlicht, spiegelte es an den Bergwänden der Fluss gestaut zum See. Das Bild der Stadt berührte, sanft streichelte sie ins Tal, es ließ nicht verweilen, am Horizont die Umrisse der Festung und des Palastes drohten gebieterisch über Felswände erhoben.

Ein Kribbeln im Nacken, das Signalhorn, das Entwenden des Stabes entdeckt, sicherte man die Tore. Häuser dicht am Erdwall aneinander schraubte Ordan einen Balkon hinauf, hoch zum ausgekehlten Mauervorsprung und aufs Dach, federte bis zum letzten Haus, die Mauer, unüberwindbar, grenzte die Stadt hier ab. Ordan pfiff, zwischen den Zinnen fiel ein Seil. Anlauf, er sprang, schnappte es, stieg an der Mauer hoch. Ein kräftiger Mann half hinüber. „Sieh, da drüben!" Fackelzüge in der Ferne in den Straßen. Der Mann löste den Haken, befestigte an der anderen Seite. „Bis die Kutsche des Königs", aber im Flug übers Geländer schon am Rand des Waldes, saß Ordan auf sein Pferd, das flüsterte, an der Stelle wartete, und enthüllte das obere Ende des Stabes. Es leuchtete auf, umfangen böser Äste, Handlanger Zweige, die knorrig knüppelnd Gestalten warfen, zu größerer Geschwindigkeit ermahnten.

Offene Tore zum Prunksaal, Soldaten abkommandiert, den Stab zu finden. An der marmornen Tafel unter der Glaskuppel, wo der Kreis der Räte Beschlüsse fasste, den König über des Volkes Willen unterrichtete, ballte Pronus die Fäuste. Nackt und ohne Bedeutung die leere Stelle im ausgehöhlten Sockel höhnte schneidend in der Brust. Kalmyra, die Vertraute, betrat den Saal. „Die Tore sind verschlossen, überall wird gesucht und jeder Verdächtige wird verhaftet."

9

Pronus beachtete nicht, Erfüllung bezauberte der Feuerstab, unumschränkt herrschen und sein Besitz um jeden Preis. Das Wort Gesetz thronen, Befehl Gebot, freiwillig aufopfernde Untertanen, täuschte Pronus geduldig, Anliegen des Rätekreises zugetan, wohlwollend, verständige Reden, aber das Volk gehörte dem König und Pronus hasste, darauf zu hören, gutmütig gewogener Clown, unerheblich deren Wünsche, anbiedernd treulos, alles zuwider, zertreten, in den Boden stampfen, herrschen ohne Speichellecker, Rat und Minister, allein mit der Macht des Stabes; doch verpflichtete und knüpfte ans Volk den Träger, wich Kälte klirrend; das Opfer wird restlos dienen. Faul das Volk, verstand, den Wanst vollzuschlagen, Gold und Macht zu raffen, mit Privilegien des Herrschers zu schmarotzen; kein Anspruch bestand und es musste benutzt werden, verachtend in den Abgrund.

Pronus beseitigt Ungehorsam, zähen Widerwillen, damit die Saat aufgehe der überwältigenden Macht. Der Bürger Sehnsüchte und eitles Träumen belanglos, sein Reich, festigte exerziert unterwürfig schon als Junge jeden Vorrang. Angelegenheiten fremd, verbarg wohlgesinnt Anteil wahren verlogen, gut versteckt Ekel der Menschen überdrüssig, nur für kurze Zeit erwachte Fürsorge, erlosch vollständig mit dem Tod der Frau, Zirtes Hilfe und der des Rats den Feuerstab zu erobern.

Die Hemmnisse der Verräter waren allesamt vergeblich, rammte kaltes Denken die Diebe. Reine Entschlossenheit hingegen erkannte Kalmyra, sprach, im

Verlust des Stabes nicht weniger betrogen, unaufgefordert an. „Pronus, Liebster, Gebieter!"

„Viele Räte brechen den Schwur, ergeben sich", nahm er selbstvergessen keine Notiz davon, allem achtlos rau Leiden im Gesicht.

„Der Stab ist verloren!"

Kalmyra sah rasch weg, beschämt, dem zersetzenden Blick hielt sie nicht stand. Ebenbürtig gierig fehlte der Friedhof im Herzen, die Lust am Vernichten, entschlossen auslöschen Unbehagen, eine Todessehnsucht am übervollen Leben, die Pronus so mächtig werden ließ. Voll von Leid Kalmyras Ausdruck zeugte von stillhalten, erdulden.

„Einer der Räte hat ihn gestohlen."

„Ist er noch in der Stadt?"

„Die größte Gefahr bleibt der Stab in Philodemos Händen", aber der Verdacht eines Hindernisses verflüchtigte in ein düster überlegenes Lächeln, der Diebstahl sich als nützlich erweise. „Ich reite durch den Wald. Wird der Stab über die Berge gebracht, ist er verloren."

Reglos, aus einem verblassenden Albtraum ohne den Feuerstab, erwachte Kalmyra einer vollendeten Zukunft entgegen. „Mein kluger, böser Pronus, der Stab gehört uns!", feierte sie in den Saal, das Haupt in alle Richtungen neigend, als regnete es Beifall Jubel und weidete am Steinsockel die Sehnsüchte an der baldigen Erfüllung, schwelgte im Vergehen der alten Ordnung, im kühlen Tau der reinigenden Morgensonne auf nachts verbrannter Haut. Die Hand streifte eine Säule, zärtlich schmiegte der Körper, lustvoll rieb der gewölbte Rücken; vergessen; ein neues Leben wird beginnen, errungen reuelos.

Immer schon unbedingt und mit jedem unerfüllten Begehren heftiger, über den Stab verfügen, stand der Rat im Weg. Gesetze hinderten, betraf das Gespräch mit einem streitbaren Kontrahenten, überzeugt der Eintracht König, Rätekreis und Stab, dunkle Zeitalter verbannte. Philodemos pries Errungenschaften, als Pronus in der Abkehr von alten Regeln lockte. Nur das Abdanken der Räte verdiene sein Bemühen, bekräftigte Pronus plötzlich, im Scherz zu sprechen und leugnete jede Absicht. Philodemos hielt nichts mehr zurück, in den Zwist Zurechtweisung, Gespött und Drohung, das verbindliche Verhältnis war entzweit.

Keine Rücksicht oder Gnade, Pronus Zeit war gekommen und Kronjuwel, Strahlkraft und Ruhm blieben nicht verwehrt, zujubeln ergriffen werden die Menschen, anbeten den König für die Ewigkeit. Freundschaft verwirrte milde, drohend nach vorn im Kampfschrei durch die Nacht, formten Geistergesichter aus Nebelfetzen, Wind heulte ans Ohr im trommelnden Galopp, der Tod mit Schwert auf einem Pferdegerippe fror aus dem Dunst über dem kalt gewordenen Stück der Erde, spiegelte Erkenntnis geronnenen Gleichmuts. Philodemos war die Gefahr. Warum schwach werden. Grauen und Kälte wiesen die Richtung auf brüchigen Pfad.

Erde und Steinbrocken brachen vom Weg ab, stürzten an den Felsen in die Schlucht, widerwillig das Pferd, die Biegung noch, peitschten den Hang hinunter Zweige schneller, Philodemos erwartete bereits vorm Haus.

„Du musst auf der Stelle los. Bring den Stab in Sicherheit!"

Erst zu beruhigen, forderte Philodemos auf, die Frau und sein Sohn, Agaton verwunderten über äußerste Maßnahmen, als die Gemeinschaft daran zerbricht, aber einer der Verbündeten aus dem inneren Kreis Pronus Wächter hatte zu Thymos, Ordans Vater, gesprochen, berichtet, dass Pronus und Kalmyra nicht länger auf das Volk warten. Räten, verschleppt und in Gewahrsam in der Festung, warf man Verschwörung zum Sturz des Königs vor, Verbindungen zu einer abtrünnigen Splittergruppe, die Übernahme der Macht im Land.

Erbleichen bei Grabesstille. Unentschieden, wer den Stab fortbringt bei Gefahr, gab Philodemos im kleinen Kreis Verbündeter, zu denen Thrakom und Thymos gehörten, nicht nach. Agaton fügte sich respektvoll, haderte im Stillen. Ins Felsenkloster in die Berge, die geistig-spirituelle Enklave, die mit ihm die Grenzen schützen konnte, musste der Feuerstab gebracht werden, sicher vor zerstörenden Gebrauch.

Die Macht verfiel, Verlust, Keinerlands Niedergang, im Lichtwirbel schleuderte Philodemos den Stab davon, Blut tropfte aus den Augen. „Sie sind nah, reiten auf des Teufels Flügel!"

„Aber wie…?", stammelte Ordan. „Wenn wir gemeinsam", rief Agaton.

„Sie dürfen dich nicht kriegen! Die Gier nach der Macht des Stabes hält vor nichts zurück."

„Vater!"

„Meine Bürde. Sei in Sicherheit, wenn ich versage. Führ den Kampf fort!" Er trat zur Frau, küsste, wusste nicht, ob Pronus aufzuhalten gelang; eine Träne fiel, Abschied betroffen, dabei dachte Ordan, einen Ausweg zu erkennen.

„Sei stark, Agaton! Flieh ins Felsenkloster, dort weiß man Rat. Bewahre, was ich dich gelehrt habe."

„Sie kommen!", rief Ordan.

Vom Berg rollte eine Feuerwalze heran.

Zwischen Baumstrichen eine geladene Wolke, Unheil vom kaltblau dämmernden Himmel. Pronus stieg vom Pferd, im Gleichklang die Horde.

Trotz der Gefahr sprengte Kleinmut Risse und Löcher in die Wehr, kraftlos versickerte die Wut. In der Ruhe des Heims, an das behagliche Leben gewöhnt, misstraute Philodemos Pronus Vorgehen ungenügend. Mahnungen tatenlos verhallt, nicht gerechtfertigt, übertrieben Verhalten bändigen, uneins im Kreis der Räte, erlahmte der Entschluss und Philodemos würde den Feuerstab in den Händen des Sohnes sehen, beachtete die Begeisterung, die Pronus hervorrief, und so manches Versprechen nicht, leichtfertig Zurückhaltung erlegen.

Die vielen Reden und Debatten, Taten, die einsam blieben, müde insgeheim, vergeblich Anstrengung, so unnütz das Treiben, trügerisch der Stab, Zustimmung und Jubel, schwebend im hellen Schein. Vor der Zeit aus dem Kreis der Räte, entbunden der Aufgaben, zurückgezogen, Träger, bis mit den großen Feierlichkeiten das Einführen neuer Mitglieder in den Rat begann, wo bestimmt wurde über Fortgang und Geschick, die Hoffnungen sich richteten, der Erfüllung der Wünsche willen, lebte Philodemos zufrieden, übersah, dass ein anderer mit allen Mitteln nach den Zielen strebte.

„Du glaubst, ich überlasse ihn dir?", sachte schlängelten Feuerzungen und glommen am Stab.

„Er ist mein! Und unser guter, lieber Philodemos kann ihn kaum halten!", heizte herablassend Spott derbes Gelächter an. „Weit von dir schleudern! Befrei dich! Ich habe bestaunt, höre ihn rufen!"

Eine rasche Geste der Hand führte Soldaten zu, ein Streich des Stabes wehrte ab, Stöße entgegen streckten nieder.

„Was versuchst du, zu erreichen?" Leise Hilfe, besänftigen; fliehen, tönte bitter. „Erinnere der alten Zeiten, Pronus. Du kannst den Sturm vermeiden!"

„Vermeiden?" Dachte jämmerlich, glückliche Tage, schwirrte durch den Kopf. Stich nieder! toste und zerstieß die Gedanken. Dieser Lügner gibt den Stab nicht heraus, wird gebrauchen, töten. „Mein Stab! Alle Macht. Ich teile nicht!", rief Pronus, der Stab fiel aus Philodemos Hand. „Mein Freund", umfasste er den Dolch und sank tot nieder.

Blut aus der gerissenen Rinde, ein Stich ins Herz, zerfressend die Enttäuschung. „Tötet die Frau, sucht den Sohn", befahl Pronus und verließ den Ort des Triumphes.

Durch Dornen und Nesseln brannte die Ahnung, beklemmend Spuren im weichen Boden. Am Fluss Wassermassen träge, im Stillstand ruhig, flossen mit ungeheurer Kraft. Dem Kampf entwichen, zerrissen an der Welt, aufgeben, Blut tropfte auf einen Stein; geflohen, schlug Schuld ins Gesicht, was betraf, entschwunden, unrühmlich ging es zu Ende, zog der Fluss hinein, schob den zarten Zweig mit, türmte auf, Agaton noch ober Wasser erdrückte immer neu die Welle, ausgeliefert erstickte die gleichgültige, feindselige Welt, der Tod besiegte. Hinunter in den Strom zerriebener Gewalten Teilchen in einen gestaltlosen, leeren Traum; aber aus dem Strudel, jeder unvollendete Atemzug schwärzer, schneller hoch, durchbrach Agaton die Fluten, konnte nicht mehr, der Tod lachte, anmutig begann der neue Tag. Eine Entscheidung zu treffen, forderte der Tod, Kampf oder ergeben.

Dem Glauben, zu wissen? Einem Schicksal zugetan? Das Leben verfällt gedankenlos, die Möglichkeit verbraucht in der Zeit.

Von den Wasserfluten mitgerissen, ragte nach dem Unwetter über dem Land ein Baum in den Fluss hinein, Agaton kämpfte an den Ästen zum Ufer, an einer Felswand hoch die Feinde in der Ferne, durch Dickicht, Wände aus Gras ein Schrei.

„Sie sind tot", entsetzte Grauen, Schatten an jede Zelle, spannte, leerte geschlagen. Zerstörung besinnungslos, Agaton rührt sich nicht, wird warten bis Soldaten kommen und den Rest von ihm begraben.

„Flieh!", rief der Vater in die Verlorenheit, in die Leere aufgesogen, den Eingeweiden übergeben der

Mutter Erde Urkraft. Fort mit dem Schmerz, erlösten Geisterstimmen, beteuerten die Einsicht nach Aufgeben und Frieden. Agaton wehrte ab. Pronus wird jagen, holen und töten.

Die Ankunft des Suchtrupps wurde gemeldet. Dem Rückschlag zum Trotz entwickelte das Vorhaben sich prächtig, der Diebstahl verleitet das Volk zum Ausbruch, eine ruchlose Verschwörung im Gange. Verräter stürzten das Land ins Unglück, Pronus bewahrt davor, beschwor alle Macht dem einen Beschützer.

„Eure Majestät!" Der Soldat mit Meldung berichtete von einer Spur zum Fluss, unmöglich, aus den Fluten zu entkommen, hatten großräumig bis weit hinauf in die Berge abgesucht, unwegsames Gelände zwang, abzubrechen. „Euer Gnaden wünschen, es wird veranlasst", stotterte er, „stelle erneut einen Trupp zusammen."

Pronus winkte ab, der Stab enthüllte nichts über die Flucht oder Agatons Aufenthalt und sollte er doch im Wald verhungern, von wilden Tieren angefallen werden, über die Grenzen fliehen, bedeutungslos wie Philodemos Kampf für Gerechtigkeit und Frieden. Nicht vor der Größe zu verneigen, verstand er noch gehörig Achtung zollen dem Willen. Unverständlich traf Reue, Furcht über Keinerland stärkt, Härte lehrt folgsam Wohlbehagen erfüllen, belohnte überwinden. Lass töten, die Menschen sich Richter und Henker sein.

Der Tod in Pronus Hand, gepflegt, durchgeführt, erledigt. Philodemos im Sterben verzieh, Entsetzen verlor sich traurig. Und Zirte? Ehrfürchtig, sanft, still den König bewundernd, verwarf Pronus das Glück, ausgelaufen der Nutzen, die enge Verbindung zum Rat nicht mehr hilfreich noch nötig. Die zukünftige Frau, Nichte Thrakoms, beachtet des Einflusses im Rätekreis, schätzen gelernt, hatte den falschen Weg gezeigt. Kein Denken, Mitgefühl, Verständnis oder Gründe, erlangen, begehrt die Macht, rein, klar, unfehlbar.

Selbst Thrakom blieben Abgründe der Absichten verdeckt, vermutete außer durchtrieben, antreibend besessen, Kraft zu verändern in Pronus, enttäuscht, weigerte Zirte, sich auf sein Drängen zu lösen. Verpflichtung gegenüber dem Volk, dem versprochenen Mann im Wandel empfand sie und das Land musste geführt werden, doch hilft der Stab nicht zur Größe, nach der er verbissen suchte.

Verräterin, Spionin aus Thrakoms und Philodemos Lager, selbstgefällig gerecht die verlogene Anteilnahme, bereitwillig dem Volk zu helfen und die Schlampe verlangte, auf den Stab verzichten.

Zerrissen von der Macht, hält Pronus in Schach, mit Angst die Menschen im Zaum, wird regelmäßig erinnern an die Möglichkeit der Verhaftung, mit Verhör, Verlust und Schmerzen bändigen, als Kräfte verselbständigten, die Welle von Gewalt sich überschlug über das Volk im Räderwerk, noch immer bereit im Glauben, des Vertrauens zur Bindung beraubt. Anhänger sollten bekommen statt dem Glück im Paradies des Feuerstabes und riefen, baten zu laben an der Ergebenheit und über die Menschen, Heerscharen niedergeworfen und vereinnahmt, dass die Quelle nicht versiege, fallen die Heuschrecken her, hinterlassen ein verödetes Land.

Mördergesichter im Spiegel, Erkenntnis im Schrecken, Lust und Kitzel im Geheimnis und Vorhaben, Macht über die Menschen, die gehorchen, lieben, die Pronus besaß, und besiegelte den Aufgang als absolutes Wort im Strahlenkranz geheimer Niedertracht, schuf Tod, den er kannte, und ließ das Herz geschmiedet in den Abgrund kalt auferstehen, wenn mit dem Geruch der Beute, die unweigerlich zum Fortgang der Ordnung gehörte, in Ketten auf den Wegen deren Erneuerung entsprach, um Stücke, die abfielen, gerissen wurde, lachte über Opfer, Ungehorsame, in Ungnade Gefallene, die Rang, Weg und Würden, die Macht nicht mehr streitig machten. Ein enger Kreis, Täter, jeder für Pronus stiftete den Ehrgeiz an, verhalf den Forderungen und er hetzte die Tiere aufeinander.

„Es gibt keinen wie dich", schärfte Simat, der Vater, ein. „Du gehörst niemand, die anderen sind nichts unter vielen. Hast du verstanden, Pronus?"

Ein Toter hängt am Baum, in der Blutlache liegt ein Verräter, umgeben von Parasiten, fütterte Pronus das ekelnde Pack, die Beute blutete, wehrte sich, entfesselte größere Lust, zu nehmen, aber göttlich wähnend durch den Stab belastete, im Beisein der wilden Tiere, entfremdet Menschen, zischte ungeheuchelt Speichelregen in der Glut beim Tanz ums Feuer. Blutgier, Blutmacht, Blut des Freundes tropfte vom Stab, Zähnefletschen, zerfetztes Lachen. Im Abgang aus der Knochenhöhle das Rudel im Gebrüll, den fetten Anteil verschlungen, wartete bereits auf der Zustimmung neuen Happen Lohn.

Zirte opfern, flüsterten Dämonen in der Gier entwichen, zeichnete ein Bündnis, den Feuerstab zu fassen.

„Dunkle Götter!", den Stab hoch in der Luft, doch besiegelt der Pakt hart wie Stein, der Menschen Zustimmung besaß Pronus deswegen nicht, zahlte Splitter um Splitter für jede Seele, die nicht folgt, und sie mussten seine Ordnung wählen, flammte Schmerz auf, brannte überlegen in der Brust. Den Rat entmachten, hielt nichts mehr ab und die vorenthaltene Gunst bitter heimzuzahlen, erfüllte der Dämonen Preis spaltbreit ins Herz das Versprechen, hatte Kalmyra im Wahn in ihrem Bann.

Die Leidenschaften der Menschen nicht im Pakt verschrieben, den schlechten Weg wählen mussten sie schon allein, riefen Flammenzungen Ungemach, Leid und Grauen, aber das Volk bereit für Pronus Taten Größe, bereitete Platz für Anliegen und seine Wünsche, der Feierlaune ein Fest zu Ehren; das Gelage mutierte die Grenze überschritten, den Menschen hinter sich, abartig und lüstern. Alles im Land gehörte, Pronus schwor, letzte Winkel durchsuchen, die Ablehnen, Aufruhr versteckt hielten und gärten, Schaum von Widerstand durfte den Flächenbrand nicht löschen. Niemals aufhören, nichts verzeihen, hallte an

Seelenwände, verfolgen, was nicht der Macht entsprach.

Ein Wunder dieser Macht und Zauberkraft vollbringen, der Feuerstab teilte den Wunsch nach Gold nicht. Galaton, sein Großvater, der große König, der gutmütige, greise Narr, hatte es immer wieder geschafft, verwandelte mit unglaublichem Zauber einen Stein in Gold. Mühe, den Stab zu führen, ein Funken, ein Lichtbogen sprang, des Erfolges aufgeregt, enttäuschte noch zorniger. Statt zu Gold zu verwandeln, glühte der Stein und zersprang. Zerstörungskraft im Stab der Macht verstrickte, selbstsüchtig betrogen verfiel Pronus blinder Raserei. Recht behalten, Stärke, ohne Bedeutung auslöschen, kein Gut und Böse, in den großen Wellen des Weltmeeres verebbt.

König, lächerlich, Sklave der Zustimmung, brachte der Stab Veränderung, Erholung von der Last der Herrschaft und die neue Ordnung duldete kein Erwidern, teuflisch juckte Gewalt, eine Ungehörigkeit mit der Möglichkeit gestreichelt wissen, erregte; so einfach auszulöschen. Und unaufhörlich sabberten nach dem Herrn, die mit dem Leichentuch der groben Bestie das Maul säuberten. Bizarre, nimmersatte Fresse, nicht sattsehen am Verfall der Taten im Lobgesang an die Verworfenheit.

Pronus vermied, den Stab von Mäßigung zu hören, leitete widerwärtiger auf den gemeinsamen, glorreichen Weg. Noch überlegen dem engen Kreis im Gefolge mit eigenem Verlangen, verwehrt noch alle Macht, mit dem Gehorsam der Menschen wird es sich ändern.

In Agaton, zögernd, gütig und willenloser Träger, sah Pronus keinen ebenbürtigen Gegner, erst auf Kalmyras Drängen wurde weiter nach ihm gesucht. Ergreifen lautete der Befehl und erkennen, wer nicht in Pronus Welt passte, Kalmyra begleitete, dem Stab an seiner Seite verfallen, den Aufstieg. Gefallene kümmern nicht, nur der Macht entschlossen Werkzeug, gehorsam anbetend bekommen; versprechen, einschüchtern, unterdrücken, sich holen vom anderen, war Mäßigung nicht Pronus Religion.

Der Wunschwelt Abbild lustlos unerfüllt jedoch stumpfte mit den äußerlichen Grausamkeiten ab. Nicht die Menschen, die Toten suchten Pronus heim, Schatten aus der Geisterwelt saugten das Grauen an. Der Stab vermied den Abschied, hinüberzugleiten, darin zu zerfließen. Einen unerschöpflichen Vorrat von allem gab es, keinen Grund aufzuhören, selbstbetrogenes, nie mehr verwerfen verlockende Allmachtsfantasien oder ergeben, solange er die Macht hatte, die erlaubte, zu bestehen.

Ein unbedingt erhabener Ausdruck still durch die Zimmer, prägte bemüht beherrscht, überflüssige Gesten zu vermeiden, unruhige Augen verrieten, beobachtet, Befehlen zu gehorchen, Hass und Tod verfolgten und der Welt ausgesetzt, vergeudet und verloren. Gold, seidene Bezüge auf edlen Hölzern, erlesene Gewänder, Ruhm und Reichtum zerflossen in den blendenden Schein der Verhältnisse und Dinge. Empor Pronus Liebchen, Ratgeberin, wegweisend, alles verblich. Pronus fehlte Stärke, zu herrschen mit dem Stab, dennoch hält nichts auf; sie musste es tun, starrte nackt Entsetzen, verkündete die nicht endende Nacht.

„Gerechtigkeit, kläglich Fehlurteil!", laut im Selbstgespräch, sich zu hören, überzeugen, dass sie, Kalmyra es war und sinnlos Inhalte satt; ein Gespräch mit Thymos berührte. Nach Gutem streben, dem Richtigen, gerecht, eigene Wünsche hintanzustellen, aber nicht beliebt genug für den Rat, verachtete Kalmyra jeden zum Scheitern verurteilten Versuch; einzig der Vorteil existierte.

Albtraumringe vor dem Spiegel, sie gehört der Macht, sicherte den Vorrang der Angelegenheiten, stieß ihr Anblick ab, finstere Gedanken lachten, Kalmyra streichelte über die Wange, den Hals entlang und drückte zu, fiel durch die Zimmer in ekelnder Ekstase.

Mörderin, du hast Zirte getötet! stürzten Dämonenzungen aus einem bösen Himmel nieder, wieder und wieder von allen Seiten; schnell zum Fenster verwies nichts auf einen Chor hinterhältiger Verschwörer, ein Junge aus der Menge nickte, aber Fratze, das Gesicht verzerrt, die Zunge ein Strick, schrie Bilderschatten von Zirte her. Zurück im Grusel empörte, Kalmyra schob vorsichtig den Kopf hinaus. Da war nichts, keine Spur der unheimlichen Schimäre.

Flüche, Reue angstzerrissen, Zirtes Geist befahl, in den Tod zu folgen, unter Qualen bettelte sie, vom Stab der Macht zu lassen. „Einer deiner Neider hat Schuld", klagte Pronus an, versank im Kissen.

Ihre Schuld! Der Boden schimmerte im Sonnenlicht, Glasperlen im verlassenen Blick, ständig von Unglück und Leiden verändert in der Erscheinung. Eine Magd, von der Herrin befohlen für Ordnung zu sorgen, klopfte, sprach nachdrücklich. Fahl, leblos, bemerkte sie später, war Kalmyra hinabgefallen in einen tiefen Schacht in der prallen Fülle. Dreist frech aber zur Gebieterin zu sprechen, verhalf noch tagelang, vor versammelter Dienerschaft zu prahlen, abwesend die Herrin, horchte und staunte man über die Schilderungen, die Kalmyras eigentümliche Zurückgezogenheit belegten.

Eine Geste zur Tür bewies mechanisch Verständnis, lange nachdem die Magd fort war, die Mundwinkel metallisch zäh ein Lächeln. Pronus widerte an, betrügerisch vertraut, hatte ohne Grund gelächelt in Zirtes Nähe, verheerend die Schwäche nahm den Wunsch nach Herrschaft, Kalmyra die Gunst. Nicht der Feuerstab, versetzte die Einsicht Hiebe, mit Zirte kam ihr Niedergang.

Tags darauf erging eine dringliche Nachricht an eine Frau in der Stadt vor den Bergen für Dienste an Männern, Frauen ungeschickt im Umgang bekannt. Einst in Anspruch genommen, trieb Sirena, die Hure, neben lebhaften Betätigungen, eine zartere Leidenschaft her. Blüten, Blätter, Wurzeln und Pilze sammelte sie, trocknete, kochte und destillierte, raffinierte Mischerin von Essenzen, nun bedurfte es eines besonderen Gebräus.

Versuchung im Feuersturm, Ausweg, zog Kälte auf, mahnte, schreckliche Gedanken nicht Tat, die Tücke wärmte.

Gib vom Gift zu trinken! einsichtig, durchdringend, Kalmyra horchte krampfstarr in die Stille. Du weißt, was zu tun ist, sie wird Zirte töten, beschlossen Stimmen verstörend, riss die Seele auf, bloßgestellt Ekelstaunen in der Verzweiflung, nie mehr los, befahl eine höhere Macht, alles erreichbar, nur folgen, unentdeckt bleiben, überlegen, Zirtes Haus war doch bekannt.

Die Unklarheit nicht zu fassen, ergriff umtriebig Besitz, aber Scheitern der Tod, Zirte es verhinderte, der Heimtücke überführt, der Henker, Pronus selbst den Hals durchschneidet, belehrte, ausreichend vom Trank, scheinbar aus dem Nichts, leben als Königin.

Die geschleifte Festung im Wald, bei den Ruinen das Treffen. Geisterhände schnürten die Kehle zu, Gruselschatten im Rücken zur toten Burg, bei jedem Schritt auf der Lauer, aufgebraucht verrückt und voller Sehnsucht. Ein Rabe schwang auf eine abgerissene Steinmauer, da knackte ein Zweig, die Giftmischerin trat heran.

„Eure Eminenz!"

„Lass die Albernheiten, soll ich dich auspeitschen lassen! Hast du es?" Ein kleines, braunes Fläschchen aus dem Beutel, „was Euer Gnaden begehrt, langsam der Tod, aber sicher", verneigte Sirena unheilverkündend sich vor der heimlichen Beschützerin.

„Wer sagt, ich wolle schaden?"

„Wie Euch beliebt, Herrin, Euer Wunsch sei Befehl", sammelte verächtlich Goldstücke auf den Boden ein, küsste die nährende Hand, und selbst wenn den König damit vergiften, Kalmyras Obhut bewahrte vor wachsamen Ämtern und aufdringlichen Soldaten. Sirena entfernte sich.

„Wirf es weg!", aus dem Eingang, aus Gängen unter der Erde, von überall um Kalmyra herum, der Rabe stieg auf, „der Dämon bringt den Tod, lass das Gift in die Erde sickern, bevor es zu spät ist", bassschwarze Grauenstimme, „deine Schuld, Mörderin!", schwoll an, verlor sich, „lass es fallen!", aus einem Blätterhagel, zerbarst mit einem Windstoß; kreiselnd schwindelig, wirr, grabestief im schauerlichen Sinnen, die nichtsahnende Widersacherin wird sterben.

Von geheimen Beratungen der Räte durch den Wald entdeckte Thymos den Hang hinunterwandern, erachtete, höflich zu begrüßen und zuvorkommende Floskeln geeignet, um unangenehmen Fragen zu entkommen und stieg vom Pferd. Die Böschung hinab im Sprung, reichte er Kalmyra die Hand zu Hilfe; abartig Schrei im Hass, der Dämon ließ sich den Sieg nicht mehr nehmen. „Lass mich, Teufel!", grob entgegen, fiel das Gift, Kalmyra stürzte hinterher und in den Wald und Thymos verständnislos, doch froh, nicht irgendwelche Lügen zu erdenken, hatte den verwilderten Eindruck bereits vergessen.

Ins Licht durch die Blätterwand Zirtes Gut; der Aufgabe und Bestimmung in großem Bogen um den Weiler der Gesindebauten näher, in Etappen Sträucher, Bäume, an der Freitreppe vorbei und aus der Deckung zum Dienstboteneingang, öffnete die Tür. Schwach, noch krank im Bett verlangte Zirte ein frisches Ei.

Sanft über den Flakon, gleichgültig getrieben, weder Gewohnheiten noch Aufenthalt der Bediensteten bekannt, eine Magd verschwand in der Scheune, ein dunkler Pfeil flimmerte durch die Luft, im Haus blass an die Wand, Gelächter, eine angelehnte Tür, Personal in der Küche bei der Arbeit. In die Eingangshalle die Stufen zur Empore hoch, trat ein Diener unter der Stiege hervor, sah nach oben; entwischt unter Donnergrollen, schwarzen Wogen entgegen, von einer offenen Tür zur letzten Zirte tief im Schlaf, daneben der Rest Tee, wölbte es im Glas an den Rand, verbreitete in durchsichtigen Schlieren.

Ein Schatten vorm Fenster. Ein Mensch? Geister bewegten. Ein Tier. Zeigte Verlangen ohne Nachsicht, Kalmyra rührte sich. Zirte lächelte, zart und freundlich; verflucht Trugbild, hasserfüllt. Stirb! Verschwinde aus meiner Welt, mutig, Dienst erweisen, beweisen, wozu sie imstande ist. Ein Tropfen noch, fließ schneller; aber setzt ein Diener dienstbeflissen ein Neues vor, wenn Zirte dem Tod entrinnt!

Das Glas in der Hand, hielt Kalmyra überrascht inne, stellte sachte ab. Bedeutungslos, ohne Sinn, wenn Zirte überlebte, sie durfte das Bett nicht mehr verlassen, kannte die Folter nicht, die Kalmyra Tag für Tag ertrug, hätte Pronus gehorchen, sich vor dem Stab verneigen sollen. Damit war Schluss. Aber am Abgrund Zittern, nichts als fort, der Diener überschritt mit Silbertablett die letzte Stufe, Kalmyra schlich durch die offene Tür; stolperte Stufen hinunter, hängte; irrte Stiege um Stiege verloren, in der Küche; büßte in einer Hölle. Schlug ohne Grund! Verhasst warum? Grausam, lässt nicht ab. Töten, damit ich lebe.

Schritte des Dieners, die Lippen zuckten angewidert, Ekel bitter, Lust und Gier, pochte die Gefahr im Bauch, vollbracht das Werk, führte an den Galgen. Die letzte Stufe im Verhängnis, beinahe überschlagen, rasch aus der Halle und als hätte der Teufel schützend die Hand über ihr, fiel in der Küche der Magd ungeschickt der Becher um mit dem gekochten Ei, rollte aufs Tablett und landete auf dem Boden. Ein heller Schrei fror den Atem, leise weiter, hinter die Scheune von niemandem gesehen.

Die Kanne Tee des Dieners auf den Tisch, die Magd goss, erschöpft von der Hitze, nach, bemühte sich, davon zu geben. Krämpfe, Atmen schwer, wird viel trinken, waren alle sicher, Zirtes Not lindern.

Kühle Ruhe verwischte in den Traum, früh morgens Nachricht von Pronus, die Forderung nach Anwesenheit auf Zirtes Gut änderte nichts. Kalmyra rang dem unnahbaren Schauen keine Ahnung ab, betrachtete Pronus nicht lange, ohne Mitleid, in Fetzen die Erinnerung, gefesselt von Zirte im Todeskampf, bis ohne Einsicht in die Gründe die Lebenskräfte verließen.

Kein Verdacht, atmete Kalmyra aus der Versunkenheit. Aber das Unglück endet nicht! Nur Zirtes Tod vor Augen, dabei sah Thymos, der verfluchte

Schnüffler, das Gift fallen, beunruhigt aufgebracht die Hast.

Einst liebte Kalmyra Thymos als jungen Mann, war benutzt, verschmäht worden; da war er wieder der Hass, sie griff zu Feder und Papier, befahl einem Minister, versteckt zu lauschen.

Lieber Thymos,
das Herz blutet in diesen Zeiten.
Alles ist in Aufruhr und wem vertrauen?
Ihn nicht stürzen, den Rat bewahren,
weiß ich. Was tun?
Eile nach Erhalt der Nachricht zu mir.
Ergeben, Kalmyra

Die Nachricht befremdete zutiefst unangenehm. Verhaftungen, unbescholtene Bürger entführt, verhinderte den Vertrauensverlust des Volkes am Rat nicht. Unlautere Machenschaften, geheime Absprache zu seinem Sturz, bezichtigte Pronus. Philodemos Tod, wenn nicht auch den von Zirte, um zu schwächen und den Diebstahl des Stabes verantwortete eine Splittergruppe des Rates, deren Vorhaben, ohne König herrschen, von denen man verfolgen, töten, den Stab sichern konnte. Philodemos und seine Frau fand man nur noch tot, kaltblütig ermordet. Restlose Aufklärung versprach Pronus und Verschwörer entlarven, im Unklaren, wer den Stab entwendet hatte, beklagte den treuen Mitstreiter, der sich aufopferte für den Stab, den König und das Volk.

Doch wenn Kalmyra den Funken Hoffnung barg für eine Zukunft des Landes in Frieden? Die Frau witterte eine Niedertracht, beschwor, vom Treffen abzusehen, hinterhältig diese Schlange, flehte sie Thymos an. „Siehst du nicht, sie betrügt mit jedem Wort!", auch Ordan pflichtete mit Nachdruck bei. „Denk an Philodemos! Andere hat Pronus schon weggesperrt. Wer weiß, ob die Stellung im Land schützt und auf eine friedvolle Beilegung des Konfliktes, gerade ihre Hilfe hoffen?"

„Ordan, ich verstehe deine Sorge, aber die Menschen in Keinerland zu retten, ist unsere Pflicht! Wir müssen alles versuchen, was in unserer Macht steht."

„Vielleicht sollten wir noch auf dem schnellsten Weg fliehen!"

„Verlassen, was wir aufgebaut haben, unsere Verbündeten verraten, das verlangst du?", und verletzte Thymos in seinem Ehrgefühl.

„Verwirf den Gedanken nicht gleich wieder", beharrte ruhelos die Frau, in sicherer Entfernung Freunden und dem Volk nachhaltiger zu helfen. Feindselig die Menschen warfen Steine, schrien durch die Straßen, verlangten Gold vor Recht. Eine Nachbarin hatte erst erzählt von Belästigungen, unverfroren beschimpft Spionin aus dem Ausland, dabei lebte sie seit Jahrzehnten vorbildlich in ihrer Mitte, erinnerte Thymos Frau verängstigt. Pronus Meute schaukelte sich gegenseitig hoch, quälte rechtschaffene Menschen, bestand respektlos und unverschämt darauf, dass er das Sagen hat. Ordan pflichtete bei, wie in kurzer Zeit der

Umgang miteinander veränderte. „Kommen die Ratten, ist die Pest nicht weit! Wer weiß, was sie vorhat.
Ist jemals Gutes von ihr gekommen?"

Thymos zerstreute die Bedenken, forderte, nicht
übereilt als Verbündete auszuschließen, vielleicht
hatte Kalmyra den Irrtum erkannt, konnte Pronus zur
Umkehr bewegen, schien zurückhaltend, sogar besonnen in letzter Zeit, als er sich der rohen Begegnung im
Wald erinnerte.

„Was hast du? Sag doch!"

„Am Tag bevor Zirte starb, bin ich in der Nähe des
Besitzes auf Kalmyra getroffen."

„Was ist passiert?", herrschte die Frau an.

„Nichts ist passiert, eigenartig war sie, von Sinnen,
ein hungriges Tier, dem man versucht, den Fressnapf
wegzunehmen."

„Sie hat mit Zirtes Tod zu tun."

„Du meinst?"

„Ohne Pronus ist sie nichts!", vorwurfsvoll und
wütend, „und er schreckt vor nichts zurück, das hat er
doch bewiesen!", rief Ordan, „die Gehilfin wechselt
nicht die Seiten. Es ist eine Falle! Nur Grund und
Zweck sind verborgen."

„Den Feuerstab hat Pronus schon!", schien Thymos
die wesentliche Forderung erfüllt und über die Zukunft des Rätekreises wollte er verhandeln. „Kalmyra
ist versessen auf Erfolg und Ansehen, eine berech-
nende Mörderin ist sie nicht."

„Der Mörder ist Pronus", versetzte Ordan, „und
seine Lakaien sind verpflichtet."

Thymos Frau stöhnte getroffen auf. Nach Philodemos Tod, dem seiner Frau und der Flucht Agatons wurde die Familie nicht bedroht, weder Ordan oder Thymos verhaftet noch befragt. Keine Beruhigung, sie versuchte vergeblich, von Flucht zu überzeugen. „Geh nicht zu ihr! Ich bitte dich!"

Entzogen sich gewissenhaften Abwägungen unverständlich Gründe? Thymos wankte, eitel und der Neugierde verfallen, bestärkte verhängnisvoll. Dass es kein Fehler, sicher über dünnes Eis, als tragend dicke Schicht verkannt, meinte er Kalmyra zugetan, womöglich schlicht aus eigenem Interesse, deutete nichts auf einen Betrug und sie zu verlassen, sobald Misstrauen verdichtete, harrte Erinnerung an die gemeinsame Zeit früherer Tage, körperlichen Freuden hingegeben um Verständnis. Thymos sah nie ein, verletzte, erzählte mit strahlendem Lächeln von der Frau und erklärte das Verhältnis mit Kalmyra völlig selbstverständlich für beendet. Erkundungsreise junger Leute Hingabe, so fasste er das Zusammensein auf, wohingegen Kalmyras Bedürfnis nach einem Liebenden geweckt war, der beschützt. Niemals verzeihen, lange schmerzte jede Begegnung.

Vorsicht dämmerte, es tat leid, Befürchtungen leichtfertig zu entkräften. Ehrgeiz und Gier verfallen, aushorchen, des Rates Vorgehen erkennen? Kein bösartig verfolgter Zweck tat sich auf, keinerlei Verbindungen zu radikalen Gruppen nachzuweisen, keine Verfehlung und der Tod des Verbündeten plötzlich weit, wurde die Gefahr nicht bewusst.

Von Wandel und Veränderung sprach Pronus, verstand den Ärger, den Ausbruch des Unmuts über Missstände und viele Räte liefen über. Thymos beruhigte, einer stabilen Zukunft überzeugt mit dem Rätekreis, setzte auf Vernunft, insgeheim darauf, dass der Stab den Dienst verweigere. Pronus Interesse endete nicht mit den Fäden in der Hand, er verschwendete nicht einen Gedanken an eine Beteiligung, nicht im Voranbringen des Landes, der irrig zugeschriebenen Verherrlichung entdecken die Menschen sich Figuren, Mittel der Macht. Thymos erahnte Gier, den grenzenlosen, sinnentleerten Wahnsinn erfasste er nicht, noch Kalmyras Leiden, mächtige Dämonenstimmen das zersplitternde Wesen bestimmend erkannt. Nicht früher zu begreifen, reute. Philodemos Tod und der seiner Frau streuten Unruhe und Verwirrung, falschen Beschuldigungen, Lügen verfallen, hielten sich selbst treue Anhänger des Rätekreises bedeckt, warteten gebeugt auf einen Neubeginn, die Tage der unklaren Verhältnisse vorübergehen. Allein konnte Thymos der Welle nicht begegnen. Die Arbeit eines Lebens, alle Hoffnung von der Unersättlichkeit zerstört, beengte die Seuche unsichtbar mit dem Versprechen der besseren Welt. Keinerland verfing sich in Träumen einer goldenen Zukunft, grenzenlos für jeden.

„Komm herein!"

„Wo hält Pronus sich versteckt?", nervös versuchte Thymos, zu scherzen.

„Weshalb das?", erschrak Kalmyra über die Antwort, die Vorhaben, Tat und alles Grauen teilte, fasste sich, bat Platz zu nehmen.

„Du lässt rufen."

„Ich danke dir."

„Deine Nachricht überrascht."

„Das Land ist in Aufruhr, den Frieden sichern, ist unser Anliegen."

Es empörte, sie sprach von Frieden, ließ Gefolgsleute des Rates verhaften und die Suche nach Verrätern lief. „Soldaten ziehen schon zu lang durch das Land und sperren unschuldige Menschen weg!"

„Unschuldig ist nicht bewiesen, es betrifft die Sicherheit."

„Eure Anhänger randalieren in den Straßen, bewerfen mit Schmutz, stellen Forderungen, statt in die Höhlen zurück zu kriechen und keinen Deut besser hast du…"

„Genug!", unterbrach sie schroff. „Ich bitte dich, Thymos!" Keinerlei Achtung; sie würde Pronus zeigen, wie verzichten, auf was sie liebte, meißelt einen Grabstein nach dem anderen. „Ich bin so froh, dass du gekommen bist, der Familie geht es gut?"

Thymos dankte beschämt, nun der Gefahr bewusst.

„Ach, Thymos, ich will nur helfen! Die Menschen achten dich und der Rätekreis war groß mit dir, aber blieb ohne meine Unterstützung", fügte sie absichtlich gekränkt hinzu.

Nicht wenig durcheinander, schmeichelte sie etwa seinem Einsatz, aber ganz und gar nicht. Die Menschen rückten ab vom schwierigen Miteinander und Pronus griff skrupellos nach der Macht. Seine Anwesenheit nicht der Aussicht auf Unterstützung und

Hilfe geschuldet, was hatte er übersehen? Eindeutig der falsche Zeitpunkt, Kalmyra heckte etwas aus, mahnte, schleunigst zu verschwinden.

„Doch lassen wir die Schuld vergangener Tage. Du warst schwach und was soll ich mein Leben in Debatten vergeuden. Eine gemeinsame Zeit war schön. Wie schade", trippelten die Finger an der Brust, die Hand wanderte, klopfte beim Weggehen in den Schritt.

Was?! Ein schlechter Scherz, ohrfeigen das Miststück, erlaubte sich! Das gute Damals? Ein Abenteuer, niemals gab es einen Platz für sie im Rat!

Indessen war Kalmyra nervös geworden, wie Bekennerworte herauslocken, sehnsüchtige Blicke, das verliebte Mienenspiel stieß nun besonders ab. „Im Wald als wir uns begegnet sind, was hast du da gemacht?"

Bleich, das gütige Fläschchen in den Händen halten, zerbrechen, Gift und Splitter in den Rachen. „Bei den alten Ruinen? Gebetet."

„Dass Pronus der Tod ereilt?"

„Soll er denn sterben?", hell erstaunt, klar überlegen Gier und Tod, der wartete.

„Machtbesessen, seit Zirtes Tod ein Schatten seiner selbst, dunkel, lasterhaft und halten wir ihn nicht auf, wird er Keinerland verschlingen!" Kalmyra gnadenlos opfern, wenn nötig, schöpfte Thymos Kraft aus der Wut, sie war doch nichts als seine kleine Nutte, die er aufsaugte, gebrauchte für seine Zwecke.

„Du lügst!", schrie sie, „die Heuchelei von Gerechtigkeit hat ein Ende! Wille des Volkes durch die Macht des Stabes, Herrschaft weise, Vernunft am Tisch des

Rates, es ist der Verrat der Größe, die Hingabe an die Gewöhnlichkeit! Der Rätekreis ist doch nur bestimmt von Streitsucht, übler Nachrede zur Schau gestellt."

„Dem du unbedingt beitreten wolltest!"

Der spielte keine Rolle mehr, wehrte Kalmyra unvorsichtig ab. „Ein Heuchler bist du, Thymos! An der Tafel für das Volk zu deiner Ehre, bestimmen, wissen, was zu erreichen gilt und einsichtig den eigenen Zwecken dienen."

„Sprich nicht für mich", unterbrach er scharf, „aber wer ist schon ohne Fehler? Doch ich nehme nicht gefräßig und stoße nicht ins Unglück, damit nichts im Weg steht."

Kalmyra sah mit verkniffenen Augen Verachtung juckend an, als plötzlich Angst umschlich, warum, wich sie zurück, sagte er das, er hatte das Gift gesehen, sie im Verdacht! Bei einem Verhör davon zu sprechen, dazu durfte es nicht kommen. „Dass ich nicht lache, dabei hält das Volk euch Räte für nutzlose Schwätzer, die es schön warm und gemütlich haben, und hat sich abgewandt, verlangt Pronus Entschlüsse und der Stab verhilft zu starker Herrschaft."

„Was du nicht sagst", die schamlose Verhöhnung satt, „den Tod bringt er den Menschen, dabei sollte man ihn töten."

Kalmyra stöhnte verwundert auf. Thymos hingegen, der den abrupten Wechsel der Gemütslage in der Bedeutung übersah, der Reden und verderbten Beschmutzungen überdrüssig, noch immer herausgefordert: „Aber das kannst du genauso gut, nicht wahr?"

„Töten?", es schallte schrill im Schädel. „Du willst Pronus töten?", zaghaft, „und ich soll es tun?", keineswegs verkleidet in hinterlistigem Bestreben, zerrüttet Wahrheit sprengte den Geist, durchs Zimmer wandte sich Kalmyra unter drillendem Schreien Zirtes Thymos zu, dessen Worte in der Luft zerstaubten, glotzte entfremdet abgeklärt in der Furcht, dass nicht nur er, es alle wussten, während mantraartig mit dem Messer in Stein geritzt: Du hast sie getötet, Mörderin!

Eine eigentümliche Zerstreuung in der Abwesenheit, nahezu beleidigt über das fehlende Interesse und aufgebracht unvorsichtig, frech ins Gespräch zurückzubringen, „ich werde Pronus töten", ein Schmunzeln zuckte bei der gespielten Kühnheit über Kalmyras Lippen, dabei dachte Thymos, den Wahnsinn zu beenden.

„Nein, Thymos, du bist es, der sterben wird!" Aus der Statuenerscheinung gebar ein Albtraum Kalmyra, in der Lust zu zerstören, Pronus ebenbürtig an der Seite. „Pronus ist die Zukunft, du wirst seinen Weg ebnen und untergehen."

Aus einem Grund, den Thymos nicht kannte, wollte ihn Kalmyra opfern. Hinaus, töricht Schwäche, das Unglück im Nacken, beengende Gassen, verzweifelt kein Ausweg.

„Festnehmen?" „Berichtet Pronus, schickt Soldaten, ich komme nach." „So viel Aufwand für einen Mann?" „Wer weiß, was erwartet." Der Minister verbeugte sich.

Gleichmütig, so lange gereift, widersprach enttäuscht von Thymos, ruchlos ekelte, im erlösenden Erfolg entkommen; nicht verstanden haben, befiel, nicht verstehen zu können. Im Gefängnis auf engem Raum, schlenkernd ohne Mittelpunkt, prallte Kalmyra an Mauern ab. Das Leben, wie sie es hasste, die Kehle empor, der Frevel scheuerte das Herz wund, kein Zurück, beschwor Kalmyra gnadenloses Unrecht, sich beflecken mit Gemeinheit, Unrat, Blut und schrie Thymos das Ende entgegen.

Der Minister rannte regelrecht, zu berichten von Thymos, dem Verräter und der Absicht, zu töten. Im Fluss ertränken, sobald Kalmyra eintrifft, befahl Pronus und schloss mit einer empfehlenden Geste. Flüchtig streifte Nachsicht, verbrannte mit heiserem Lachen. Im Feuersturm des Stabes, in den Sog die Menschen unterworfen, befriedigten, der Sinnlosigkeit ergeben, niedrige Belange. Keinerland verfolgt jedes Urteil, wird ratlos abverlangen, den König zu verstehen, Schritte und Wünsche zu erahnen. Pronus verfehlte, verborgen, staunend verständnislos, die selbstgefällige, willenlose Gier zu überwinden, unnahbarer Unglaube, maßlos bei der trostlosen, inneren Leere, Tragik vom widersprüchlichen Glanz der Geworfenheit, um sich der erleichternden Zerstörung hinzugeben, niemals eingestehen, Philodemos, Thymos und alle anderen nicht hätte töten zu müssen und dabei abgestoßen des Kriechertums im Palast, dem aufgedunsenen, abgedroschenen Vollführen der Pflichten von denen, die jeden Bissen verfolgten, scheitert machtlos über die Menschen, der misslungene Versuch, den

Stein in Gold zu verwandeln, ließ ahnen. Das Volk fügte sich nicht. Der mangelnden Zustimmung eine Welle der Vernichtung als Antwort. Keinerland wird brennen, seine Bürger bluten dafür.

Thymos fortschaffen, beschloss Kalmyra, damit er keine Gefahr mehr ist, verfolgte, von Pronus Befehl bedrückt, unverständlich aufgeregt, dann abwesend Schläge, Ordans verzweifelten Hass, die erstickende Verwundung im Schmerz der Frau. Thymos flehte an mit der Bitte um Vergebung, Ordan befreite sich, lag nach wenigen Schritten am Boden. „Lasst ihn!", Thymos mit letzter Kraft, der Hauptmann riss an den Haaren, „mit besten Grüßen von Pronus", und goss in die Kehle. „Hör auf!", schrie Ordan, „ich war es! Ich habe den verfluchten Stab gestohlen!"

Spott tierisch lechzend, tränentraurig schwarz über Thymos Anstrengungen und Ausdauer, gehadert um Lösung der eigenen Konflikte und die der Menschen, die herabsetzende Bosheit, bewusst sich verachtend, Gewalt und Mord, mitschreien erschüttert, aber mit jeder Faser Pronus hörig. Und was hatte Ordan gerufen, erlöste vom Zerreißen und Chaos im Innern und zu neuer Tat erwacht bedauerte Kalmyra Thymos in den Fängen der Mörder nicht mehr.

Ein Messer in den Rücken zersplitterte eine Weltscheibe aus Glas und ohne Widerstand zu leisten, brachten die Soldaten Ordan zur Festung.

Leuchtende Farben in der Morgensonne hagelte Rache ins Versagen; bleiben, den Stab nehmen, kämpfen. Pronus töten. Die Stadt musste Auskunft geben, blinde Furcht beenden.

Ausgehungert, erbärmlich seelenlos, unbarmherzig die Augen, hielten selbst Soldaten Abstand. Schon vor dem Überfall auf Philodemos strömte Pronus Heer ins Land, bemüht um Sicherheit und Ordnung, auf der Suche nach verdächtigen Verrätern, aufklärenden Beobachtern, gefährlich in der Stunde der ersehnten Veränderung.

Abseits des Trubels Ruhe in einer Ecke, Agaton schlief im versteckten Eingang auf der Treppe ein. Die Besitzerin des Hauses, von Vorbereitungen zurück, betrachtete mit Lust und so eine Gelegenheit zog nicht ungenützt vorbei. Im Herbst der Blüte Jugend unter Klagen dahin, trat der Sorge Vernunft ins unaufhörlich verschwenderische Leben, pausenlos geteilte Freude, nie zufrieden, sehnte nach Ruhe, einer tröstenden Absicherung. Sirena wird langsam binden, Unterschlupf gewähren, gibt sich hilfsbereit und zugetan; abgefeimt und listig weckte. „Wohin des Weges, schöner Mann? Du brauchst ein Lager für die Nacht?"

Weiche Hüften, der noch straffe Busen, dichtes Haar, aber verbraucht, floh Schminke das Alter, sie lächelte, schien vertraut und liebenswert. „Einen saftigen Braten schiebe ich in den Ofen", durchtrieben die Unbekannte, aber wohin, an wen wenden, klare Gedanken und Antworten blieben verwehrt, betörend der Geruch aus dem Korb bewegte eigenwillig ein Bein von selber.

„Wie klug. Komm mit!"

Eindeutige Bilder, Kerzenlicht heimelig, auf Diwanen mit seidenen Pölstern empfingen junge Damen in Spitzenwäsche.

„In die Zimmer", schnauzte Sirena an, konnte einen Mann wie Agaton gebrauchen, stark, gesegnet mit gesundem Appetit, reichte Geschenke, Agaton wehrte zuvorkommende Gesten ab. Enttäuscht, albern die vergrämte Geliebte, verlockende Versprechen rührten nicht, ein weiteres Glas Branntwein auf den Tisch.

„Schmerz, Tatendrang und Zorn, dabei bist du abwägend und klug, schreist nach Rache, irre ich nicht. Gold gehört dazu und ich kann behilflich sein", aber kein Wink einer Regung bestätigte. „Alles ist in Aufruhr, Umbruch, auch mein Schicksal ist für eine Kursänderung bereit."

„Du hast Neuigkeit aus der Hauptstadt!"

„Von Aufstand in den Straßen wird erzählt, manch einer spricht von Krieg. Radikale haben einen der Räte und seine Frau getötet und sie wollen die Herrschaft in Keinerland übernehmen."

Trauer überwältigte, Leid, Krieg, „was kümmert's, unbeschwert Sirena und vergnügt, „bieten wir eben mehr Soldaten Dienste an", redselig im Becher über den Durst, wollte tanzen; kein Zweifel, Agaton stieß abwesend weg, eine tiefe Wunde blutete.

„Den Freuden widmen, biete reichen Kaufleuten, Ministern und Edelmännern Verlockungen!", Sirena näherte sich, „die sollst du umsonst bekommen", und gerade noch gestrahlt, überführte müde das Schauspiel ihres Lebens, dem sie auch mit dem Neuankömmling nicht entkam. „Aber dein Tag gehört", murmelte sie ins Glas, kippte es in einem Zug.

Betrug und Selbstbetrug, reingetrieben ins rauschende Vergessen, das Los zerdrücken, unstet, einer grundlos gesteigert, dauernd auflösenden Fröhlichkeit hingeben, zäh von einer Gelegenheit zur nächsten, schaler Geschmack, peinigend bitter, dass nicht verstanden, voran und stärker, Agaton nicht versuchte, Größe für das Miteinander zu erreichen; ein Zeichen in der Vergänglichkeit. Agaton taumelte aufgelöst im Strudel der Macht; der Stab verschaffte keine Einsicht oder befriedigende Antwort, konnte nichts verhindern, setzte keine Taten und nicht einmal die, die er zeigte, mussten sein. Der Vater gab Halt, Bestätigung, half Ertragen der Aufgabe auf dem Weg. Steil, gefährlich, rutschte Agaton in ein Verlangen allem zu entgehen, dem Vorbehalt von Besitzenden gleich, dem Müßiggang, der Liebhaberei zerstreuend sich hinzugeben, vermeintlich Herr über die Zeit widersetzte der Vergegenständlichung der Mühen und sträubte sich gegen die Verpflichtung. Agaton begehrte Kampf und Tod entweichen, hasste frühere Ergebenheit. Hatte der Vater nicht gekämpft? Niedergestreckt, mit ihm die Träume, im Gleichklang mit Totenglocken im Land; unterdrücken, ausbeuten, fröhlich zerstören; her mit dem Brot, dem Schnaps, deinem Haus und Weib oder ich lasse sie und deine Kinder, die Eltern töten. Blutsauger, Mörder, Tränen im Sturm der Seele, im Klagelied von Verwüstung.

Trübsal in der gebotenen Behaglichkeit? Die Mädchen vertreiben die düstere Stimmung und aufzuheitern Sirenas Anliegen, denn keineswegs Kalmyras Schutz sicher und ließe die Gunst nach, es würde neidige Hasser Blicke auf sie lenken, die nach Geschäft und Leben trachten. Der bedrohlichen Zukunft ungewissen Schlag dämpfen musste Agaton in einer Welt, deren Ereignisse undurchsichtig und die Sirena wie die anderen nicht verstand. Mit der Veränderung kam dieser Mann und bringt die Ruhe, nach der verlangte. „Kommt, meine Engelchen!" Kein Laut aus den Zimmern für den Dienst an den Gästen. „Herunter, ihr Kanaillen!", und eine nach der anderen im Gänsemarsch defilierte vor der neuen Kostbarkeit, bemüht um den Sieg, der ausreichend Wohlwollen brächte. Auch Agaton wollte der Versuchung nicht widerstehen. Im Schwarm der Bienen schwirrte Vergnügen, Nachgeben, Leichtigkeit und Auflösung im Schwall duftender Haut. „Das biete ich dir", schrie Sirena nach, „Freiheit abseits kaum zugänglicher Wege, Luft zum Atmen für die Seele", aber Agaton hörte sie nicht mehr, schon im Bett im Märchen lag der Prinz mit den tausend Kurtisanen.

Es dämmerte. Benommen in die Kleider überzeugte, den Anforderungen entgehen, aufleben in der Masse, mittreiben wohltuend und die Idee schlich daher, Aufrührern und Volksverhetzern sich anzuschließen, schamlos, respektlos vor den eigenen Mühen,

Pronus aufzusuchen, damit die armselige Existenz versorgt ist mit allem nötig für ein liederlich verworfenes Leben. Bereits auf dem Weg aus der Stadt in die Berge eine Gruppe Gaukler, Jahrmarktskünstler, deren durchzechte Nacht nahtlos in den frühmorgendlichen Umtrunk überging. Einer mit der Gitarre, andere friedlich im Kreis an einer Wasserpfeife, unglückliche Antworten einer alten Kartenlegerin, packte beim Vorübergehen ein junges Mädchen Agatons Arm und wiegte in einen Tanz. Männer am Rand des Geschehens ereiferten sich zu sehen, was vorenthalten und spornten an, plötzlich schrill Pfiffe, Ordnungsrufe, ein Schrei aus umliegenden Gassen.

„Schluss mit dem Vergnügen!" Soldaten umringten, „alles auf!", schrie der Hauptmann, man trieb in der Mitte des Platzes her. „Auf Pronus Anweisung kehren Ordnung und Keinerlands Größe zurück, solch herumstreunendes Ungeziefer wird es nicht mehr geben."

Unter argem Fluchen wurde die Kartenlegerin in einen vergitterten Wagen gezerrt, ein unachtsamer Soldat, Jonas, ein junger Mann aus den Reihen der Gaukler nutzte die Gelegenheit und entkam, während für Agaton die Zukunft das Ereignis überlagerte, in ein anderes Keinerland geworfen unter Pronus Joch erwarteten Verfolgung und Gefängnis. „Agaton, Pronus sucht nach dir. Verschwinde, bevor sie die Nachricht erhalten. Hilf uns!", rief Jonas und so schnell der Bilderzauber aufzog, zerrann er in das beendende Durcheinander auf dem Platz. Festnahmen eröffneten der Veränderung versprochene Taten, dem Gehorsam

Anfang und Weg. Frei zum Greifen nah, bog ein Wagen in die Gasse, der Soldat Jonas hinterher warf nieder, weitere traten wie von Sinnen zu.

„Haltet ein, meine Freunde!", rief Agaton, „Pronus weiß sicher mit den Gefangenen Besseres anzufangen, als tot zu schlagen. Meint ihr nicht? Unser König ist klug, hat bestimmt Pläne mit dem Pack. Seid klug, er wird noch seinen Dank erweisen!"

„Sieh an!", stutzte der Hauptmann, Tage auf Beutefang machte jeder volle Wagen härter, unnachgiebig kühn. „Der Herr Agaton mitten im Dreck und ohne den Stab. Der Einsatz bringt dem Volk nichts. Ich werde den edlen Herren mitnehmen, wie es sich für einen Unruhestifter gehört!"

„Vor einem zukünftigen Rat erhebst du die Hand?"

„Wenn es dazu kommt!", lästerte der Hauptmann, eingeweiht in Pronus Pläne, ohne den Kreis der Räte an der Spitze in Keinerland zu stehen.

„Hauptmann, die Nachricht für Sirena!", rief ein Soldat. „Genug Gesindel fürs Fest! Und den Galgen. Aufsitzen, los!"

Agaton als Aufrührer verhaften, Pronus Lob empfangen, überraschte, „ihr sucht Sirena? Sie liegt betrunken in der Kammer. Ich komme von dort und will in eurem Interesse mich als Bewunderer bei Pronus melden und auf eure Dienste vertrauen."

„Wenn das so ist", blinzelte der Hauptmann zu, „ich höre davon!"

„Und das schon bald!"

Eher als gewöhnlich durch den Lärm Menschen in den Straßen, um zu sehen, wen man in die Wagen steckte. Ein Kaufmann, der sich oft in anderer Leute Angelegenheiten mischte, allzu gern einen Rüffel gab, zügelte sich nicht. „Wird Zeit, dass Soldaten etwas tun. Die Steuern zahlen wir dafür."

Agaton so zielstrebig davon, kam die Frechheit gelegen, den Auftrag zu erteilen, wie geheißen. „Behinderung und herabsetzende Reden gegen ausführende Organe der Obrigkeit sind mit Kerker zu bestrafen! Sicherheit in Keinerland liegt dem König am Herzen. Nehmt den Verbrecher fest!"

Die Männer führten ab unter ständigem Wiederholen, dass er Leute kenne, Einfluss habe, sie es noch bereuen. „Hinterhältige Lügner, ihr seid die Verbrecher, euch sollte man verhaften!", rief die Kartenlegerin, während der zusammengelaufene Haufen glotzte, Soldaten den Kaufmann in den Wagen pressten.

„Holt das Lumpenpack!", zündelte im unzufriedenen Zorn einer an der Lunte, brennen sah sie keiner, die Explosion nahm jeder wahr. Noch floh ruhig Genugtuung aus den offenen Mündern in schuldloses Verhalten, auf den Wegen begleitete verstohlenes Schmunzeln, das rasch verflüchtigte, als Schlamm und Geröll begruben, was kokett anbiedernd an den Glückszustand der perfekten Welt erträumte. Das aufgezwungene Träumen und Denken widerfuhr als eigene Strafe in kasernensauberer Züchtigung, duldete keinerlei Widerstand in der Ruhe und Sterilität von geometrisch einheitlichem Verhalten.

Der Schädel brummte, unter derbem Schelten stürzte Sirena aus dem Bett. Soldaten an der Tür drohten, sie einzuschlagen. Ihre Dienste, die der Mädchen im Palast erwünscht, überließ man Kutschen, einen fetten Beutel Gold, wies an, Vorbereitungen zu treffen. Agaton habe sich heimlich fortgeschlichen, berichtete eine Vertraute und auch Sirena verließ das Haus, verschleuderte für gewöhnlichen Plunder, Essen ganz vornehm, Berauschung und ein Jungchen, das sie obendrein noch reich beschenkte. Den herausragenden Rest verlor sie beim Würfelspiel. Zum Fest für den König heillos Missklang der untergehenden Welt im Trommelwirbel und den Posaunen, dem hemmungslos, ungeheuren Rausch erlegen, den Pronus hervorrief, und er drehte am Rad der Lustbarkeiten, niemand erriet, unaufhörlich aus dem Menschenmeer dafür zu verbrauchen.

Das Getümmel in den Straßen hinter sich, flüchtete Agaton vor der Aufgabe zu helfen aus der Stadt. Raserei, Niedertracht, demütigend erinnerten die entgleisten Verhältnisse an das Versprechen den Menschen gegenüber und der Zukunft im Land. Über saftige Wiesen steile, bewaldete Hügel hinauf, vereinzelte Siedlungen unter dem Trampelpfad kleiner, löste unwegsames Gelände die sanften Formen ab. An einem Kamm entlang zwischen alten Föhren und niedrigen Sträuchern fiel dichter Nebel ein, Agaton strauchelte über eine Steinwiese von einem Brocken zum nächsten, gelangte wieder in einen Wald. Den Weg ins Felsenkloster wird er nicht finden, brauchte einen Unterschlupf, aber zu weit geschleppt, die Kräfte schwanden. Frost rollte vom Berg und jede Welle, die am Körper schliff, nahm Entschlossenheit und Mut. Ein Rudel Wölfe heulte in der Ferne. Sollten sie doch kommen oder ein hungriger Bär holen und in Stücke reißen; abgehetzt am Boden hörte Agaton eine Stimme ganz nah, wähnte den abschließenden Verlust der Sinne.

„Nomos, lauf, er ist nicht weit." Ein Hund bellte, Agaton meinte, ein Wolf fiele an, schlug nach ihm, aber Nomos wich aus und wedelte voller Freude mit dem Schwanz. Ein alter Mann gab zu trinken und half hoch. Agaton schleifte sich neben her, schaffte es in seine Behausung und sank in tiefen Schlaf.

Die Sonne stand hoch, als er erwachte. Von einem bequemen Nachtlager überblickte Agaton eine bewohnte Höhle, aus einem Kessel duftete Essen über dem wärmenden Feuer.

„Ist der Herr ausgeschlafen?" Der alte Mann nahm eine Schüssel, stellte bedächtig auf einen Tisch. „Hier, iss! Du musst zu Kräften kommen."

So geschickt in den Bewegungen, blind der Mann mit schneeweißem Haar, ragten Augen stier entgegen. „Wer seid ihr?", wich Agaton erschrocken zurück.

„Ein verrückter Einsiedler, möchte man meinen." Ein Rabe krähte zustimmend von einem Stoß mit Büchern, der Alte schien dies missmutig zu bemerken. „Aus der Gemeinschaft der Menschen hierher, um nah zu sein", rätselhaft, „aber Agaton, kannst du dich nicht an mich erinnern?", und er erkannte den Meister, der im Felsenkloster unterrichtet hatte. Galaton begründete die Tradition. Kinder der Räte verbrachten ein Jahr in abgeschiedener Gelehrsamkeit. Der Mönch, gemeinhin als Seher bekannt, schon damals der Weisheit und Fähigkeit, in die Zukunft zu sehen, geachtet und geehrt, war geschrumpft mit den Jahren und um vieles gealtert. Die vertrocknete Schale stimmte traurig, der Meister hatte das Gespräch, die Einheit mit Gott, Kampfkunst gelehrt.

„Es tut mir leid, Meister, ich entsinne mich", Agaton brach beschämt ab.

„Sorge um den vertrockneten Körper brauchst du keine haben", nutzte der Seher fehlende Worte einer mitleidenden Stimme, kaum wahrnehmbar zuckten die Mundwinkel wohlgesinnt, Agaton hatte das empfindsame Wesen bewahrt.

„Dem Altern der Hülle begrenzt Einhalt, wiegt die träge Seele schwer, der starre Geist. Beide können jung bleiben, selbst wenn die Haut Risse hat."

Über Matten und Felle am Tisch vorbei, an einen Berg aus Büchern verscheuchte der Seher den Raben, der kreischte, schwang den Gang hinaus in die Luft.

Freunde aus dem Felsenkloster mussten geholfen haben, die Höhle bewohnbar zu machen, blind, hilflos und allein, übertrug Agaton voreilig eigenes Empfinden. „Hieraus wirst du vorlesen, verstehen lernen, was es bedeutet", holte der Seher aus den Gedanken.

Der bestimmenden Worte zurechtzuweisen, sprang Agaton auf, wird auf keinen Fall bleiben, fürchterliche Dinge geschahen und er musste etwas tun. „Meister, Keinerland steht vor dem Abgrund. Ich muss zurück, es ist meine Aufgabe und Pflicht!"

Ohne Interesse für die Bereitschaft gegen Pronus anzutreten, wandte der Seher sich ab, enttäuscht, bemüht herablassend: „Gesellschaft hat der ehrwürdige Seher hier keine?"

„Dich wundert, dass ich für mich lebe? Bei mir und den anderen, außerdem sind da meine tierischen Freunde", sagte der Seher gutmütig und streichelte Nomos das Fell.

„Euch braucht wohl niemand mehr!", versetzte Agaton schroff, schmerzlich Verlust, schuldhaft zurückgelassen, zeigte das überhebliche Gehabe.

„Mein guter Agaton, gib nicht auf an die Leere. Wir verlieren nicht ins Nichts. Du bist noch in der Welt. Viele sind nicht allein, dennoch einsam und verloren."

„Die Einsamkeit ist nicht meine Sorge. Aber Menschen sind nicht geboren dafür, wir brauchen einander.

„Gar nicht genug bekommen können sie von anderen oder glaubst du, nur Pronus kann nicht lassen?"

„Die Menschen sind schrecklich, haben Fehler", fuhr Agaton wütend hoch, „aber im Stich lassen? Ihr habt gelehrt, zu helfen, Güte zu zeigen. Mit aller Kraft werde ich mich wehren, vergelten, gegen Unrecht und Leid kämpfen, das Pronus in die Welt bringt!", aufgeregt drang die Pflichterfüllung ans Gemüt, Rache schaukelte weiter hoch: „Warum verkriecht ihr euch in dieser Höhle, überlässt eure Brüder dem Tod. Der Tod der Menschen ist euch egal!" Den Vorwurf, hitzig übereilt, bereute Agaton bereits, der Anfang für eine

Entschuldigung nicht zu finden, hallte die Anschuldigung, der Meister untätig und gleichgültig, nochmals ans Ohr.

„Glaubst du denn, die Menschen wollen mich sprechen hören, schreien nach Pronus, verfallen Lügen, als bitter wahr, einsichtig, zu begegnen."

„Ist wirklich alles verloren? Wachrütteln müsst ihr! Was sie tun, ist falsch!", schrie Agaton. „Die Gier, der Hass, das Morden."

„Ohne Pronus wäre die Welt eine andere, meinst du. Woher stammt dein Antrieb? Du kannst kaum erwarten, in den Kampf zu ziehen?"

„Ich befreie von Pronus, der die Menschen verführt!"

„Es gibt immer einen, der verführt. Dich vielleicht?"

„Warum ich?! Nein! Pronus ist ein Verbrecher, ein Mörder und er hat den Stab gestohlen."

„Das Volk hat die Macht gegeben, schon lange dazu bereit."

„In der Hoffnung, dass das Leben besser wird. Niemand will die Tage der Ahnen wiederholen", beharrlich in der Bestimmung, aber sich denn den Seher zu überzeugen.

„Aufschrei nach Veränderung, niedrig Bosheit, einander helfen aus dem Kanon guter Eigenschaften, gilt vorankommen um jeden Preis und die Seele verhärtet, die Härte trifft."

Es schien, der Seher verschwinde in der Dunkelheit, in die auch Agaton fürchtete, zu versinken und kannte die Forderung nach Respekt und Achtung im

Umgang, nach Gnade und Wohlwollen, aber gegen den Mörder und die Gehilfen darf er keine Nachsicht zeigen, muss entschieden gegen die Feinde vorgehen. „Was kann ich tun?", bei der jämmerlichen Aussicht auf Erfolg, „wer ist dann der Feind?", schon ganz verwirrt beim Anblick des Meisters tieftraurig.

„Das Unglück in dir und jedem."

„Vielleicht helfen die Erfahrungen aus dem Leid der Vergangenheit?" Der Seher verwehrte einen Blick entmutigend in das erkaltete Gesicht.

Gerecht sein, geben in Zeiten des Mangels, sorgsam um den anderen kümmern, das Leben opfern, spottete Agaton; keine Rettung und Erlösung, die Aufgabe annehmen, untergehen, den Kampf vermeiden. Agaton wusste Pronus durch die Menschen immer stärker, ein Platz an der Macht, geruhsam an der Seite des Königs schreckte entsetzt auf. Der Seher wusste ihn zerrissen, fürchterlich unnahbar, als gäbe es Leiden, drohendes Unheil nicht. „Lebe, so lange du eines hast! Wie sicher sein, was Gutes ist?"

Blasierter Gemeinplatz, böse Anspannung entlud, „was kann der Seher noch wollen!", platzte Agaton heraus.

„Trost, Hoffnung schenken, denen es sich verschließt; leicht macht der Klumpen Gold, maßlos auf weiter See verirrt, zieht hinunter wie der Becher Wein. Ein verlorenes Schaf wiederfinden, auch wenn die anderen auf der Weide stehen. Agaton, kämpfe für ein Glück, das du geben kannst!"

„Lernen wir Menschen aus dem Leid?", erheblich ruhiger. Agaton suchte Antworten, begehrte Lösung der Menschen Ungemach und fand keinen Ausweg.

„Dass es immer gibt, gegeben hat, wir fähig sind anzutun. Bewahrt es vor neuem Unglück?"

Den Worten des Sehers hielt er nicht stand. Aber was schon gingen die Menschen an. Leid mit Leid vergelten, irrsinnig hoffen, Agaton hängt lieber an den schönen Dingen fest, bis zum Ende an der Pracht des Lebens laben.

„Deine Sehnsüchte erfüllen nicht", kehrte der Seher ab, gefasst auf einen Schlag im Angriff.

„Seht ihr nicht, sie sollten!", gab Agaton zurück mit dem dringenden Wunsch, zu verletzen.

„Träume beleuchten deinen Weg in der Welt, sie machen nicht dein Wesen aus. Agaton, verliere dich nicht im Wunsch, dir zu entgehen."

Wut, wankend, die Andeutungen machten verlegen, „nicht wissen, wer ich bin, keinem Traum folgen, mich aufgeben, zusehen, wie Pronus die Welt zerbricht!"

„Du weißt, was erwartet, schließ das Tor, hinter dem Verderben lauert", ob klug oder nicht, auf dem Weg zu drängen.

Wünsche, die Agaton still verfolgte, Treiben wider Absichten, entgegen einer Einsicht, zog magisch an. Von wilden Erlebnissen träumte, ungeahnter Vervielfachung der Empfindungen, verführt in aufregendes Leben, der Verpflichtung entwöhnt und der Forderung entbunden, gegen Pronus anzutreten, zu kämpfen, Vorbild oder Held zu sein; befreien, fort mit allem, Agaton wird nichts gestehen, der Abschottung Antwort Angriff. „Hellsichtig und weiser Seher, in Abstinenz körperlicher Genüsse aus dem Garten des Schöpfers verrückt genialen Missgeschicks, gibt es ein Geschenk, das ihr bereit wäret anzunehmen?"

„Meine Füße wasche, darum bitte ich dich. Hol Wasser und nimm von der Erde, die ich die Ehre habe, zu betreten, erinnere der Gnade, von den Früchten zu nähren, Menschen Wärme und Liebe zu schenken."

Maßlos erstaunt unterwarf Erhabenheit, erbrechen über allumfassend Größe, kraftvoll überlegen; im ausgleichenden Durcheinander der Natur bestehen. Gnade als Stärke des Starken, reute bloßgestellt die überschießende Angriffslust. „Meister?", während er die Füße des Sehers trockenrieb.

„Warum aus dem Leid zuvor nicht lernen? Den Schmerz durch ignorante Gier und Dummheit haben die Menschen nicht lange genug am eigenen Leib erfahren."

„Und der Stab?"

„Du musst stärker werden, nicht der Macht verfällst."

Als Junge hatte Agaton den Stab zum ersten Mal beim Fest gesehen, tief bewegt von der Kraft küsste ein Schwingen, Flügelschlag von Freiheit, „dir gehöre ich", sonnend, regenbogenschön, bald gewitterwolkenschwer. Dabei mulmig und schummrig vor Augen, doch so froh, trug der Stab an zauberhafte Orte, erinnerte an Schönes, flaues Unbehagen schwand, führte in die Vergangenheit, Zukunft, andere Welten, die auch immer eine von Agaton wären, von Leben darin erfuhr er, ein lebendiger Traum oder doch echt, brachte der zeitreisende Feuerstab in den Moment zurück, von den Worten aber erzählte Agaton niemand.

Als das verrückteste Ding, das die Menschen kannten, verband der Feuerstab, Waffe gebot über Kraft, Macht über Tier und Mensch, keineswegs und doch irgendwie lebendig, beständig, sammelte Wünsche und Träume, forderte Achtung vor dem Träger. Der Stab, nicht aus dieser Welt, ein Geschenk und Erbe der Ahnen oder von Gott gesandt, vereine Erde und Himmel, kaum einem möglich, durch sich seine Kraft zu zeigen; verschlang in der Zerstörungswut, aber offenbarte denen, die es schafften, ihn zu fassen, ein Geheimnis, verriet die Zukunft oder zeigte den Platz im Kreis der Räte und einmal im Jahr jedem erlaubt, es zu versuchen, gab Anlass für ein Volksfest um die kühnsten, die nicht scheuten, sich an seinem Feuer zu verbrennen. Frauen und Männer erlangten Einsicht, jeder auf die eigene Weise, viele ließen erst ab, als Brandblasen die Hand bedeckten, so manchen schleuderte er bereits beim Annähern zurück. Ein Spektakel der Erleuchtung und des Schmerzes, Gejaule, Gespött und Schadenlachen, Witz und Gauklereien. Straßenkünstler begeisterten, Musik und Tanz bei ausgelassenem Feiern. Mit dem Stab in der Mitte schien allen klar, als schwinge alles mit der vergangenen und zukünftigen zur rechten Zeit, dennoch versprach jedes Einzelnen Entscheidung, etwas zu bewegen. An diesen Tagen spürte man eine Zunahme von Liebe unter den Menschen, ungeachtet dessen bedrückte es nicht, wenn der Stab zurückgebracht wurde an den Platz im Stein, mit goldenen Flügeln und Schlangenring erstrahlte.

„Meister, ein Wachtraum bei den Soldaten hat beschützt, ich weiß, der Feuerstab hat ihn eingegeben. Wie in eigener Welt so wahr habe ich erfahren und bin dadurch der Verhaftung entkommen."

„Der Stab zeigt Mögliches. Agaton, du bestimmst, durch was du denkst, sagst und tust, was wird. Mahnung, Hinweis, was war, sein kann, niemals mehr wird, führt der Stab durch ein Tor der Dimensionen. In tiefem Sinnen betrachten, so schaffst du es, mit den Träumen durch sie hindurchzusehen. Du musst Ruhe finden", mahnte der Seher, „verstehen, wisse, welcher Weg es ist."

„Träume und Tun ein Tor zum Sieg? Es muss auch einen Schlüssel geben!"

„Der Schlüssel bist du. Bestehe, besiege Pronus! Aber du bist noch nicht soweit. Demut fordern werde ich, an deiner Wahrnehmung und Kampfkunst feilen. Geh nun, Nomos führt durch den Wald, finde den Raben, fliege auf seinen Schwingen über die Bäume."

Nomos begleitete aus der Höhle, davor Licht weich am Boden legte einen Teppich aus, eine Abzweigung, ein Tunnel brachte weit in den Berg. Agaton schritt durch das Felsentor nach draußen.

Aus den vielen Büchern las er vor, der Seher lehrte Gleichgewicht, die Welt um ihn und in ihm spüren, formte Körper und Geist. Früchte des Waldes sammelte er, jagte, hackte Feuerholz und folgte dem Gang mit Futterhappen. Ein Bär, zum Fürchten riesig, fand in der Höhle Quartier, drohte laut schnarchend, brummte leise entspannt, in jedem Fall musste Agaton den Kopf kraulen, unternahm mit Nomos und dem Raben Wanderungen, sah mit Staunen den Wechsel in der Natur, Welken, Sterben, durch ein Wunder scheinbar aus dem Nichts Erwachen, Wachsen, zueinander gehören, lernte, dem Ruf des Waldes horchen, der Stimme des Windes, die der Seele Musik und Ruhe zutrug. Das Spiel, den Hunger, die Jagd der Tiere beobachtete er, betrachtete den Meister beim Beten, Meditieren und Sinnen, wenn in der Finsternis der Höhle ein Licht umgab.

Nach vielen Monden nahte der Zeitpunkt, zurückzukehren. Im Feuer züngelten Flammenstimmen über Ereignisse, Freuden, die gehören, Pronus erschien und Agaton spürte Begierde erwachen, Verzweiflung, erleben die Macht des Stabes, benutzen, fließen lassen die Träume, die nicht gehörten. „Siehst und hörst du nicht, sie rufen? Komm, hol den Stab", rief Pronus aus den Flammen. „Wir wachen über die Menschen, wie es gefällt." Schlangen ringelten um den Stab, giftig in beißendem Erwarten. Ob sich überwinden, entsagen den Verlockungen Pronus, die alles Übel einsichtig verführend einzugeben verstanden. Zweifel plagten im Wechsel der Stürme, die hinwegbrausten über jede errungene Einsicht, trugen Entschlossenheit ab, die Agaton wieder hart erkämpfte. Eines Nachts im Traum pickte der Rabe auf der Brust ein Auge heraus, Agaton erwachte nicht, flog als Rabe, schwang hinauf über Berge, schroff, kalt und klar. Schnee leuchtete grell, über Grat und Massen Fels im Sturz hinab, sah Flüsse entspringen, segelte über Ebenen dahin. Abgründe,

Buchten, durch Wälder, über reif duftende Wiesen lagen plötzlich die Felder brach, verfault die Früchte, verwahrlostes Gerät von Unkraut überwuchert, Tiere schrien, Menschen verstreut, versteckt vor dem Verbrechen, die Angst, geholt zu werden. Rauch, Flucht und Brennen, karge Mondlandschaft der Herrschaft Pronus über blühendem Land. Das Dulden der Menschen, niedergeknechtet und gebeugt. Über die Flüsse, die so fruchtbar ins Land ergossen, Schluchten, Hänge hochgetragen, hob mit weichem Schlag die Luft empor; den Anblick der Schönheit überdrüssig, sie beleidigte, schmerzte, unmöglich, wie Gewalten zerstörend getrotzt, die Menschen getrieben im Fluss untergingen.

Ein Schauer vom Traumflug jener Nacht verschaffte nicht unumstößlich Gründe zurückzukehren, aber mit jedem letzten Flügelschlag der Eule im Morgengrauen marterten Wut und Scham. Mitleid empfand Agaton, Verlangen nach alten Bindungen, ein Gefühl der Liebe zu seinem Land und den Menschen verlangte, sie nicht aufzugeben.

Diese feigen Seelen, klirrte schneidend Verachtung, bettelten grausam nach Verständnis und Zustimmung in der Knechtschaft, forderten Güte und Nachsicht, nichts davon geschenkt, haben sie dem großen Ungemach die Tür geöffnet, das sich unverschämt und ungehemmt bediente.

Verdienen sie anderes? hämmerte Pronus Stimme im Schädel. Brennt das Haus nieder! Das Dorf, in dem Rebellen verstecken, wird ausgelöscht!

Komm zu dir, Agaton! „Hört auf!", schrie er den Menschen zu, aber Veränderung woher? Dem Zuspruch der Nichtigkeit entgehen, der nicht erlöste. Erheben in hartem Stolz, stattdessen kriechen und es erstickte.

„Meister, Ruhe finden und damit Kraft, ich befürchte, zu versagen. Zu dem ganzen Chaos in mir suche ich vergeblich Ordnung."

„Ordnung ins Denken zu bringen, versuchst du, um zu verstehen. Nicht immer ist es notwendig, auch nicht zur Gänze möglich. Mit allem in der Welt gleichst du im Verstehen Erleben einer erkannten Ordnung an und scheiterst im Versuch, vergisst, dass du eine eigene bist."

„Aber ich erkenne mich mit den anderen?"

„Agaton, sieh die Blumen, sie wachsen nach dem Licht. Das Licht einer Wahrheit, die hilft, auf einem Weg zu bleiben, nicht zu verirren im unglaublichen Durcheinander, mag verlöschen; höre nicht auf, dich sein und deuten, vermeide, nur an das, was ist, das zu sehen und zu verstehen ist, zu fesseln."

„Meister, Ordnung ins Leben bringen, ist Bestreben der Menschen."

„Wir erkennen und ordnen nach unserem Verstehen. Zum Zustand erhoben gleicht das Druckmittel das Leben an, es gerät aus dem Gleichgewicht. Auch Pronus kann die Forderungen, die er stellt, nicht erfüllen, geblendet im vermeintlich göttlichen Licht. In heimlicher Feindschaft mit sich, lenkt Menschen zu verbrauchen ab und Ordnung verhilft seiner Vorstellung von Macht, zwängt in den Käfig seines Wollens."

„Wir alle machen es."

„Die perfekte Welt gibt es nicht! Die wenigsten hungern aus freien Stücken, Rückzug aus der Gemeinschaft, den anderen überzeugen, angleichen der Welt an unsere Wünsche, überträgt dieses Verlangen nicht das Formen und Zerstören eines Gottes; erschaffen, formen, selbst groß sein, der Wunsch zu gleichen. Ein Geschaffenes aus der Hand eines Gottes wie Gott ehren?" Der Seher trat ans Feuer. „Mit dir kennt alle Welt die Kraft des Stabes. Der Stab zeigt Vergangenes, Gegenwart und Zukunft, dennoch würdest du dich nicht unterwerfen, meinen, er komme von Höherem, das du nicht verstehst."

Was glauben, er verstehen konnte, wusste Agaton nach der Erklärung des Meisters nicht. Nichts dem Stab Vergleichbares existierte in der Welt und egal wo der Ursprung der zauberhaften Macht, die alle in diesem Holzstab erkannten und keiner besaß.

„Auch Galaton wusste nicht, warum und woher er den Stab erhalten hatte", fuhr der Seher fort, aber beim Stoß zwischen die todfeindlichen Widersacher übertrug sich Wille zu Versöhnung und Frieden."

Ein Wille zu helfen, führte Galaton einst tief in den Wald. Schwach sein Volk nach Kampf und Entbehrung, wanderte er eingegeben und gelangte an einen Weiher. Nebelschwaden über dem Wasser glitzerten in allen Farben im hereindringenden Licht. Wunderbar berührt hielt Galaton der Schönheit nicht stand, wandte sich ab, blickte auf und erschrak ins Mark, fasste den goldhellen Geist nicht, der entsetzlich totenschädelstrahlend, unwahr menschlich, boshaft gütig, tot, obwohl irgendwie lebendig aus einer dunklen Form lachte. Das Wesen wies feuerzüngelnd die Richtung zu einem Holzstock am Stamm eines mächtigen Baumes und verschwand, zurück blieb der Stab, Sinnbild der Verbindung der Welten.

„Der Feuerstab verleiht Kraft und wählt aus dem Volk, das Ursache der Erweckung war und Pronus muss alles gegen ihn im Volk vernichten", der Seher hielt nachdenklich inne. „Ein Rätsel bleibt, warum er den Stab überhaupt führen kann."

Agaton horchte angestrengt. „Der Stab kommt aus unserer Welt, Meister, etwas wollte Galaton helfen."

„Mutter Natur und alle innewohnenden Geister und Kräfte in einem undurchschaubaren Wollen. Selbst wenn ich noch hundert Jahre lebte, werden Geheimisse der Welt verborgen bleiben, weil etwas, das allem außerhalb, ewig, entweltlichter als der Stab sich uns entzieht, aus der Ferne nicht zu beobachten, aus der Nähe nicht zu fassen, der Zeit entflieht, die nie endende Bahn durchbricht, vielleicht eine Täuschung aufdeckt einer Bewegung Bewegtheit über die Zeitalter der Welt, in Windeseile über Dimensionen hinwegsieht, über Anfang und Ende, unser Rätseln, Sinn und Ursprung und wir die Welt erkennen, wie sie ist."

Unverständlicher Worte des Sehers nicht viel anzufangen, täuschte unser Sein, diese Welt als unverständlich bedeutungsloses Nichts? Und ohne erkennbare Aussicht auf etwas Besseres sein Leben aufs Spiel setzen, das Kostbarste, das Agaton besaß. Kannte die Macht des Stabes, nutzlos, wenn alles vorbei war, würde er ohne sie erst recht sinnlos zugrunde gehen, eher enttäuscht denn erleuchtet.

„Warum für die Welt hinaus? Das unbedeutende Geschehen hat in keinerlei Hinsicht viel Sinn, gefährdet mein Wünschen und Leben!", erfasste böswilliges Flüstern bei all der Nichterfüllung; hoffnungslos weitermühen, sterben.

„Leicht, seicht und gierig. Mein ist er", gewann Pronus an Kraft, wusste allein durch den Stab, eigene Zeit nicht verlängern und Agaton trieb, sorglos erlauben, leben, Freudenfeste der Macht im Palast.

„Unser Sinn, deine Aufgabe", versuchte der Seher, Abdriften an Pronus Versuchungen zu verhindern, „sei stark, um stärker zu werden", aber Agaton fiel zurück, angewidert, unterlassen, überwinden und zu vollbringen, lauschte in der kühl kargen Selbstgenügsamkeit verführerischen Stimmen, sehnte satt in wildem Vergnügen, widerstrebend schaudernd, sich ergeben. Fastenauszeit, nicht länger Verzicht. Er sträubte sich bei allem Erstaunen und ließ die reizvolle Torheit aus dem Körper fließen.

„Du bist nicht bereit", warnte der Seher, „doch wir dürfen nicht länger warten. Geh in die Stadt vor den Bergen. Sei gewappnet und vorsichtig, Böses aus der Schattenwelt steht bei, das sich entzieht. Agaton, erfahre in den Träumen, der falsche, die Verführung, die du erdenkst, wird nicht Erfüllung bringen. Im unentwegten Entdecken der Möglichkeit versäumen, zu entfalten, was in dir steckt, vermeide und biete dem Feind die Stirn, der droht, zu vernichten."

„Meister, der Stab ruft und verspricht!"

„Der Stab kann nicht zufriedene Tage ins Leben zaubern oder helfen, ein anderer zu sein, bringt Scheitern an der Unmöglichkeit und Grenze seiner Macht."

„Wem vertrauen, die Menschen, sich ihr Maß, sind einander Mittel, keine Freunde."

„Es gibt Gutes, gehärtet unter Angst und Grauen. Die Gegner Pronus versammeln", raunte der Seher. „Die Zeit ist gekommen. Vertraue deinem Besseren. Stifte Unruhe, wühle die Menschen auf. Diesen Dolch nimm, er wird von Nutzen sein." Der Seher ging, um zu ruhen, Agaton verließ, schwach durch was er heimlich an Pronus bewunderte. Der Wille zur Macht, das rücksichtslose Stillen der Bedürfnisse flößte Agaton Respekt ein vor dem unerbittlichen Herrscher.

Die offene Entscheidung der Nachfolge zu klären, nahm König Galaton die Söhne Simat und Bahar mit an den Weiher im Wald. An einem Hang unter Felsen, einem Edelstein gleich atemberaubend schön, war einst bei Kummer über die Not im Volk der Stab erschienen. Hüter dieses Volkes, Diener seiner Untertanen, hingebungsvoll und dankbar; die Menschen zollten der unantastbaren Würde, völlig selbstverständlich zuteil. Die Söhne, nicht von diesem Schlag, umschlichen voll des Neids, suchten Gelegenheit, zu übertreffen, buhlten verlogen um die Gunst, behandelten andere abschätzig und gemein; immer schon verfeindet, verdeckt, wusste Galaton um die Zerworfenheit, vertraute zuversichtlich der Vernunft, die sich noch entwickele, einstelle unter der Obhut und Belehrung, setzte liebevoll Aufgabe und Verpflichtung auseinander.

Der König wurde bitter enttäuscht. Möglichkeiten offenbarte die Krone, nährte den Wunsch, nichts mehr zuzulassen, was Behagen widersprach, nach Wahrsagung der bestimmenden Existenz und dem anderen ein für alle Mal den Mund zu verbieten, verhalf jeder hinterhältige Tritt zum entscheidenden Vorteil. Lehren und Lernen nutzlos, nicht das Volk zu führen, zu leiten auf den guten Weg, aber es zu verwenden für ihre Zwecke. Simat, versessen auf die alteingesessene Linie, der er als Spross erwuchs, verachtete Bahar, der Vergnügen über jedes Maß begehrte, wiederum den Bruder hasste, verbohrt engstirnig und beflissenen Unterwerfung, gierig nach dem Thron.

Bemüht selbstbestimmt sehen und maßvoll wägen über alle in der Gemeinschaft galt nach Hunger und Krieg. Fruchtbare Jahre segneten, die als Verdienst man dem König zuschrieb, dessen Tugenden jedoch den Söhnen nicht zuteil, verlangte Bahar immer weiter, Wahn von eigener Größe, der Krone zugehörig grenzte Simat ab, überfordert verdarb Freude und Genuss. Keinen von beiden erachtete Galaton zum König geboren, hatte den Missmut, dem anderen im Miteinander zu dienen, Gier, Mord und Unterdrückung erlebt und die Saat des Unglücks verdunkelte nicht wieder seine Welt. Vorbild, gerechter Unterstützer, Galaton betrachtete Herrschen nicht ausschließliches Privileg und der Stab der Macht reichte eine gefährliche Waffe. In den Schmutz die Ideale durch die Söhne, stärkt der Rätekreis das Volk, sogar den König absetzen wird möglich, dessen Aufgabe, mit den Räten über Entscheidungen zu beraten, ausschlaggebend einsichtig. Beweggründe zu teilen, hoffte Galaton insgeheim, die wundersame Stätte möge Versöhnung bringen und Frieden.

Weit gefehlt sein Hoffen. Streit, Geschrei, unkontrolliert die Wut, Bahar und Simat fielen mit den Fäusten her, drohten mit dem Tod. Das Aus der Ziele enthüllte das offene Geheimnis, legte die gehütete Verderbtheit dar und überraschte selbst den hartgesottenen König. Tränen in den Augen beim Anblick der blutig balgenden Söhne, verletzt der Stolz aller Vaterfreuden und aufbrechend, lange unterdrückt die Verachtung für die missratene Niedrigkeit, stieß Galaton den Stab in die Erde. Donnergrollen warf auseinander, Blitze über den Himmel, überall zu sehen, schlugen im Weiher ein. Durchs Land, zu fühlen, ein Erheben, feurig-flammend leuchtete der Stab. Hinauf zwei Schlangen wandten am letzten Drittel die Köpfe zu im Wendelring, einer Taube verdoppelt Flügelpaar, einer Geisterwelt entkommen, setzte ab am Scheidepunkt der Schlangenköpfe und streckte die Federn. Schlangen und Flügel wandelten golden, ins Holz, brannten und wirbelten um den Stab und schlugen nieder. Kraft und Mut durchströmten Galaton, verbunden mit den Menschen mit der Macht des Stabes gemeinsam Gutes zu erkennen und zu tun. Großmütig, besonnen und klug regierte der König noch viele Jahre, festigte die Institution des Rätekreises im Volk, Grund, Mut und Glauben daran.

Die Söhne hingegen blendete das mächtige Strahlen. Bahar versank im Suff, Simat heiratete zweckmäßig und bekam einen Sohn. Pronus nahm nach dem Tod des Vaters an der Seite des Rätekreises den Platz als König ein. Nach einem friedvollen Zeitalter riss der Zusammenhalt, trieb Neid aus Furchen grobe Klüfte ins Volk, bereit für Veränderung und Pronus Antwort, einen Bruch mit Tradition, Gerechtigkeit und einen starken Führer.

Goldene Jahre lagen zurück, Aufbau, Erneuerung, Verständnis und Wohlwollen für die mit weniger Anteil am Überfluss, zu teilen gewillt, einsichtig ungleicher Chancen. Aber Reichtum zu Reichtum, fanden Goldschätze, mit vielen Leben nicht zu verbrauchen, nicht zurück in die der Anhäufung Ursprung Menschenmenge. Zustände zersetzten, Eifersucht legte nach, Stolz prall stopfte bis zum Platzen, Münz um Münze begehrte den Lauf den großen Flüssen zu, nach oben und inmitten des Reichtums versagte Verständnis, wenn Armut in die Knie zwang. Faul, unwillig, unfähig, die Schuld, verfehlte, auf veränderte Umstände einzustellen, Berge aus Gold zu schaffen, alte zu erklimmen, die, immer steiler, keinen Aufstieg mehr erlaubten. Fest haftend an der selbstverherrlichenden Idee, geschaffenem Glanz im Wohlbehagen, aber Steine und Brocken nicht weitergereicht zu verwandeln, traf Erstarren. Kraft und Wille, Hoffnung der Menschen verbrannt, vergeblich verblichen eigene Mühen. Der errungenen Höhe Leuchtkraft schwand, entfachte erst recht den Hunger und statt den Berg abzutragen, dem Fundament neuer Anfänge zuzuführen, musste er noch höher wachsen. Krumm schuften, der maßlosen Anstrengung zu dienen, blieb unzufrieden und geringer, jeder Wert verfiel. Hell erstrahlte der Stab, unvergänglich, unverändert, zeitlos. Der König gebietet über die Zukunft und wieder sprudelt die Quelle. Eine betuchte Schicht, ein kleiner Kreis um Pronus, wucherte größer und immer enger und häufte an. Nichts kümmerte, weder Pflicht und Verantwortung noch Denken und Tun, als nur im Schauspiel, eine prächtigere Rolle erfüllen und Neid gierte in der Verachtung für dem erlaubt, der besaß, was nicht zuteilwurde, hässlich faulend fluteten das Volk dieselben Wünsche, Pronus Versprechen im Visier, aus dem lähmenden Morast entkommen, denn mit dem unverstandenen Versiegen der Bäche hörte die tägliche Bewegung auf, Arbeit brach weg und des Werkstücks Mühe Lohn verlor ans Hoffen aufs Gold, grausam am Leben Geltung; bröckelnd die Sitten, nichts außer haben und nah am Stab der Macht bedeutete nicht Ende satt bekommen, vorbei das sinnlose Streben, bringt Pronus neues Schaffen, forderte den Strom an Gold und Macht, verteilt und leben im Überfluss wird möglich, vom dem die Menschen träumten, wahrlich für möglich hielten, keine unnütze Anstrengung, einfach mit Pronus groß sein, ohne es zu tun, konnte das Gefolge nicht genug sehen an Ehrgeiz, dem schlechten Beispiel zu folgen; hat man auswegloses Bemühen nicht verstanden, hohnlachend verzweifelten, ärmlichen Sorgen entgegen, die es gab, nicht lange noch, die ins Auge kratzende Lüge, der man gehorchte um der neuen Größe unter Pronus. Gold für alle und die nicht daran glauben, sind Verräter.

Immer versessener auf Erfüllung Aufruhr, die Schuld beim Rat, der den Forderungen selbstsüchtig entgegenstand. Die leidlich schwerfällige Prozedur der Entscheidungen verschwindet, der König bringt Lösungen, erleuchtet mit dem Stab den Weg, der richtig ist und rief auf, die Schuldigen zu finden, zwang mit der Unterstützung vieler Räte Goldberge an neue Besitzer, verstreute abfallende Steine im Volk und stachelte auf gegen Händler, die Gewinne einstreiften, Besitzende nicht in seinem Sinn, gegen das fremde Volk in den Städten, das Arbeit nahm, unwahre Gedanken verbreitete und log. „Unserem Volk sein Reichtum!", lachte das Gefolge breit auf Bergen von Gold und Menschenrücken, rief auf, über das schäbige Leben erheben und danach lechzten die Menschen, wünschten, nicht nur Neid verstehen, aber zunehmend ärmer die Masse, Unterschiede auszugleichen und Pronus schwor auf die Ziele ein. Nicht mitarbeiten an der besseren Welt, machte Verräter und was sollte schon passieren, „lassen wir Pronus die bessere Welt beweisen, die er verspricht", konnte den Feuerstab tragen, bewies damit einer von ihnen und würde doch nicht allen seinen Stab unter die Nase zwingen. Heiter polternd Gelächter, wild nach Veränderung auf die Welle, die Glück und Heil versprach, untergehen sehen, was Erfüllung verhinderte.

„Pronus hat viel verloren", schlichtweg vom unaufgeklärten Verbrechen an Zirte ergriffen; im Gebrüll hat vielleicht manch einer im Verdacht Kalmyras Namen geflüstert, es offen auszusprechen, dazu hat niemand sich verstiegen. Eine undurchsichtige Spannung lauerte, knisternd, kribbelnd Gewitterwolke, träge Abstieg, breitgetreten, unkenschreierisch wiederholt die Sorge, machte Platz für Angst, garstig unverhohlen Beschmutzung, Lüge zum Wort der Tat erhoben, auf gewissenlose Unkenntnis gesetzt, die Schlammlawine losgetreten geronnener Gemeinheit, Antrieb, Motor der Bewegung in die bessere Zukunft.

Vertreter des Rats strandeten nach Thymos Tod herzklopfend in Nächten um Ecken an der listig offenen Tür und erhielten Zugang anbiedernd an die Macht; auszeichnen, unter Pronus jemand sein, züchtig dankbar in einer Reihe mit gebührend Abstand, aber Sicherheit, fordernden Anliegen ein Zuhause. Besitz, Herrschaft über ein Gefüge, Ämter und Anerkennung, zugehörig, Uniformen und Ehre, das Gefühl, ein unverzichtbarer Mensch zu sein. Die aus dem Schlammloch entkamen, dankten unterwürfig, sahen weg, wenn von anderen genommen. Pronus Gerechtigkeit, Gold, Stellung, Umkehr der Verhältnisse, willkommen hungriges Monster mit weit offenem Rachen und alle hinein mitsamt der Fröhlichkeit, den geräumigen Häusern und die nichts hatten, das Letzte wegnehmen, sie und alle Gegner büßten, schwere Arbeit, nichts als karger Lohn. Die Wahrheit Lüge, nutzte unter dem Vorwand der Hilfe, gutgläubig, Gier, den Wunsch nach Aufstieg und die Wartezeit verkürzt, in der das Leben genossen, gefrönt dem Fressen, vegetiert wird auf Lagern, vom löschenden Rausch erholt ins nächste Betäuben. Eine Zeltstadt vor den Mauern entstand, deren Bewohner blieben unter dem Protest einflussreicher Bürger vor die Tore verbannt, als diese Barbaren skandalöse Forderungen und anstößiges Verhalten zu weit trieben. Einfache Leute hingegen schlitterten aus der Bedrängnis in den Umsturz, in Unfähigkeit und dem Genügen der Macht zu dienen, drohten doch überall plötzlich Schwerter, verschwanden Menschen, Schmutz, Verrat in aller Munde, Gestrauchelte, die man vorführte, zwickte und piesackte mit Vergnügen an der Bosheit. Klatschend beim Spiel mit dem verlassenen Opfer verflüchtigte die Einsamkeit grober Hände, jeder grelle Lacher befreite, an der Qual des anderen vergessen, erstaunen, vergelten, am Fall erfreuen, dankte Gott, dass gerechterweise genommen, man angeglichen wird zu einem Besseren und Hass brandete nieder auf das Fleisch, damit es aus den Augen verschwinde. Schadenfrohe Zerstörungslust ergötzte im Marterschrei am schmutzbefleckten Menschen; niedergeworfen, geknechtet, geschändet. Die begehrend Aufstrebenden hatten in Pronus den Verbündeten gefunden. Willkürlich, nie wahllos traf Zerstörung auf die Opfer, ungehemmt kaltes Grauen in der grenzenlosen Lust am Herrschen und mit allen Menschen mitschwimmen war doch kein Verbrechen. Pronus schrecklich überlegen, nicht aufzuhalten übermächtig, endete das Versprechen von sauberer Gemeinschaft nicht bei denen, über die ein Urteil zu fällen, leichtgefallen war. Freunde fremd, entpuppte der eigentlich Verbündete sich als Bestie. Lügen, Intrigen, Verleumdung. Schwäche, Stärke, Entgegenkommen, Wohlwollen als Verrat. Der Vernichtung bloßgestellt schoss Mut hoch, flackerte, erlosch, vermochte dem Blick zerfetzender, toter Seelen nicht entkommen. Noch die Faust erhoben zum Gegenschlag Aufgeben bei blindem Wüten im Chor und immer wieder geschürt Feuer durch die Menge, willfährig Strafe für die unverbesserlichen Gegner, schuldig am Fehlen der Lebenskostbarkeiten, herausschneiden aus der Mitte das Geschwür, ausrotten die parasitären Anderen. „Bezahlt eure Schuld!", speicheltriefend, selbstvergessen durchsetzungsstark im Antrieb, machtvoll Bündelung der Menschenkräfte im Lobgesang ans Volk in der bereits eingesetzten Fäulnis, unerschütterliche Dummheit hinter strahlenden Augen, Hoffnung zerfressen von der ungestümen Raserei, dem selbstzerstörerischen Gehorsam im Dienst der vermeintlich guten Sache, die nicht wie verheißen das Paradies herstellte, aber den Verfall menschlicher Bezüge. Blutvergießen der Brüdermörder besudelte Gemeinsamkeit und Frieden, erlaubte der Rache erleben, heiß ersehnt Genugtuung für den unbeachteten eigenen Leidensweg, unter Trommelschlägen im Totentanzdelirium fortgeschwemmt aus der sichtbaren Welt.

Angst vor Gräueltaten, Auflehnung, Empörung; Hausdurchsuchungen, Verhaftungen. Junge Menschen vor allem packte Zorn und entlud sich in den Straßen, Pronus schlug mit Härte nieder. Zellen des Widerstands entstanden, Thrakoms Kinder Jakob und

Hemma bewaffneten eine Gruppe, planten ein Attentat. Es wurde nie ausgeführt. In einem Aufruhr wurde Jakob im Straßenkampf von Soldaten getötet, Hemma blieb zurück, half, den Widerstand zu organisieren.

Jenseits der Wälder und Berge, wo es früher reges Treiben gab, die Posten der Wächter. Flüchtende traf die Gewalt, das Volk die Strafe, wenn sie die Gefolgschaft verweigerten. Viele arrangierten sich, der Neugierde der Macht des Stabes nicht möglich zu entkommen, gefällig sein, beschäftigte, einen Dienst erweisen, während die meisten schwiegen. Die Räte übergelaufen, verhaftet, ermordet, Ordan saß im Gefängnis und Agaton war längst tot, nach dem Unwetter im reißenden Fluss ertrunken, wie behauptet wurde, oder geflohen. Aber das wollten die Rebellen nicht glauben, sie fluteten die Wüste, die Pronus aus dem Zusammenleben der Menschen machte, regelmäßig, schossen heraus aus einem Hinterhalt, überfielen Wächter in schwarzer Nacht.

Sieg und Höhepunkt aller Herrschaft, immerwährend Vorbereitungen Pronus Größe zu zelebrieren, das Land unterdrückt. Menschenströme sorgten für ständige Bewegung bei Stillstand und Verstummen; zurückgezogen kein Schutz, feindselig Misstrauen, in die Ecke getrieben und kein Flüchten, im Käfig zusammen allein.

Aufstand, geheime Treffen, Umbruch, Aufbruch, Tod dem König, leise und verdeckt, dennoch unüberhörbar im Palast. Aufflammend die verbrannte Erde, Knechtschaft stark gemacht, die Ketten nicht mehr spüren, ein Leben einen Moment gelungen, begegnete todesmutig der Untergrund im Kampf.

Lobpreisungen ehrgebietend durch den Saal, Pronus erwiderte mit fremder Freundlichkeit. Der guten Laune sicher, ergriff ein Minister das Wort.

„Aufsässig sind Eure Untertanen, Majestät, die Gefängnisse voll, werden Maßnahmen dem Volk Hunger und Einsicht bringen?"

„Zuviel der Aufregung, ein bisschen Ablenkung genügt. Provoziert den Nachbarn, dieses freche, kleine Land, das Rebellen aufnimmt, ein bisschen Krieg schüren, uns wehren, wird dem Volk gefallen."

„Krieg, der den Sieg bringt, und der Gewinn dabei?"

„Weitere Männer für den Kampf, Material gegen den Feind in unseren Reihen und es erleichtert, die Menschen reinhalten in der Aufgabe, der Gefahr der Abweichung zu entgehen. Gegenseitig züchtigen sie einander besser in die Abgrenzung, als wir mit Peitschenhieben vermögen, sind sich ihre eigenen Sklaven."

„Das Nachbarland schlägt zurück."

„Und die letzten verstehen, dass sie einen beschützenden Herrscher brauchen. Der Menschen Missgeschick bleibt es, zu welchem Gott wir uns erheben."

„Die Menschen rufen nach Leben, Recht, Erbarmen, auch Zwangsmaßnahmen und Drohungen halten nicht ab."

Der Minister vermied, die Todeswünsche zu erwähnen. Nieder mit Pronus! Tod dem König! Beschmierte Wände, nicht immer schnell genug zu entfernen, kannte Pronus, dessen müde, aufgeritzt blutete der Stein.

„Das Flämmchen Aufbegehren, Krieg ist, was wir brauchen! Werft Brot und Gold hin, rebellische Tendenzen sind zu unterbinden. Ich werde es nicht dulden, verzeihen erbetteln, büßen lassen."

„Der Gefangene, Majestät? Gar ist er längst über die Grenzen verschwunden!" Ordans Flucht beunruhigte. Eine Spur aus dem Kerker verlor sich, kein Hinweis über seinen Aufenthalt, blieb genauso wenig Kenntnis, wie es geschah.

„Findet ihn! Er ist untergetaucht!", wie Agaton irgendwo versteckt, man hätte ihn töten müssen, verfinsterte Pronus, „jeder ist verdächtig!" Ein Mädchen tot nach Ordans Verschwinden, war die Nachricht nicht eingeschlagen wie erwartet, hatte weder ausgiebig beschmutzt noch die Suche befördert. „Beharrt darauf, schleppt weitere Zeugen heran! Belügen, im Unklaren halten, hetzt gegeneinander auf. Je weniger die Menschen verstehen, desto besser werden sie gehorchen!", aber eigenes Unglück traf, falsch, gierig Wollen, verloren brannte das Herz in der Brust, hört bis in den Tod nicht auf, zu hassen. „Bringt für den Arbeitsdienst, schindet! Keine Kraft bleibt für die Wut!", bereit für weiteres Vergehen, „und beginnt, das Volk für die Erfassung vorzubereiten."

„Alle Vorbereitungen werden getroffen, Majestät." Der Minister zog eine der Todeslisten von einem Stapel und entfernte sich, Pronus schritt an einer Karte Keinerlands auf und ab. „Bald meine Untertanen kenne ich euere Geheimnisse, jeden untreuen Gedanken und sicheren Unterschlupf!"

Noch vor wenigen Tagen das Volk verwünschend, als mit Ordans Flucht Unruhen ausbrachen, Vorbereitungen zu seinem Sturz, Angriffe auf Wachposten und Lagerstätten wurden berichtet, erzählt von Wächtern, nachts überfallen, gerichtet in ihren Häusern. Man führte Gefangene vor, stopfte Steinbrocken in den Mund; nichts als Unrat für die misslungenen Versuche. Einen Mann am Haupt zur großen Tafel erstickte Pronus beinahe; Gnade, nicht zu ertragen, zerschnitt er die Hände. Blut tropfte auf heruntergefallenes Papier; der Stab bringt der Schwäche Strafe, aber schwer, fiel auf ein Blatt am Boden, die Haut des Mannes riss; auf eine Frage entdeckte Pronus die Antwort auf dem Blatt, auf einer Landkarte jeden finden, der einen Stein geschluckt hatte. Bei allem Widersetzen und Ungehorsam die Waffe enthüllte den Feind, für die Verräter ein Stein, ihr Blut auf Papier.

Die Feste, ungestüm obszön, vertilgten im Übermaß und Erbrechen, Erkennen würgte empor, Aufgeben aus zarter Erinnerung.

„Vermag, den Stab nicht zu tragen? Schande, König!", nicht aufzuhören zu opfern, der listigen Fratzen, besessener Aufflackern der Macht und immer neue rückten aus dem Heer des treuen Gefolges nach. Nie Erlösung, hartes Herz aus Stein, jede Ader, das Menschengrauen pochte mit Pronus Schlag; er spürte Agaton erstarken, lauerte, aber kein Erheben aus der Lüge seiner grandiosen Herrschaft, der man weiterhin vorgab, bedingungslos zu glauben. Treu ergeben, in

Käfigen der Sorge um sich, abgetrennt, Ketten verbanden und die Erfassung bedeutete Kontrolle. Anhänger im Palast aus purem Jux, meist zum Schaden, gefordert, der Karte Wahrheit zeigen, verschlangen sie, brannten Antworten nochmals die Haut, damit der Herrscher untergeben Vorsatz, niemals dem verfehlten Wesen glaubte. Schwere Vorwürfe ahndete Pronus mit dem Stab. Im Strahlen gottgleicher Erhebung Sieg dem Terror der Verrücktheit, Sieg der Besessenheit in der durchsichtigen, nach allen Richtungen offenen Glasfassade, Heil zurufend dem Zerstörer.

Böses wird nicht weichen, Pronus gehörte; trat nach dem frühen Tod der Mutter an den Vater heran, seinen Hund im Zimmer zu halten. Simat wehrte ab. Pronus protestierte, als der Mutter Geschenk es ihrem Wunsch entsprach. „Sie ist tot!", brüllte Simat. „Du wirst einmal König! Brauchst Härte!", und er wird sie geben, prügelte den kleinen Hund mit dem Napf vor der Hütte, um eine Lektion zu erteilen, fand nicht überzeugend Schrecken, das Vorhaben zu bestätigen und schnitt dem japsenden Hündchen die Kehle durch. Schlag um Schlag, unsichtbar ein Panzer, gewährte Zuflucht, hielt Pronus ab durch den Verlust von allem, das bedeutete, das Messer des Vaters ins blutende Herz zu stoßen. Pein gedrillt, hungrig zündelte der Hass; belauschte nicht lange danach die Köchin über die Gnade des Todes der Herrin und ging auf die Jagd. Ihre Katze in einen Sack in eine Hütte im Wald, schlug Pronus mit einem Holzscheit ein, bis mit einem Knacken, tot; was war schon dran, auch wenn

Angst blieb, nicht nur Tiere, Menschen töteten sie, betrachtete samtene Pfoten, die nicht mehr mit dem Wollknäuel spielten, die Mutter lachte nie mehr an. Entstellt der Körper, Blutstreifen am Boden, der Leib rüttelte erregt; die Köchin habe gelästert über den Tod der Mutter nicht als Unglück, man hängte sie, danach verschloss Pronus sich wie selbstverständlich, verstand auf eine fremde Weise, schrecklich Anderes nicht bezwingbar Kraft ausüben. Der Vorfall rief anfangs Unbehagen hervor, mit dem Urteil über die Köchin verfolgte gespenstisch der Gedanke an ein Wiederholen. Simats Vorgehen bestätigte, Pronus fühlte sich entlastet, hatte die Lösung der Konflikte gefunden; immer schon im Krieg, musste sich behaupten und das Gesetz das Schwert, keine Worte, verächtlich, wenn man über das Gute im Menschen sprach, er Abneigung kundtat und über Güte ätzte, nie mehr gekannt.

Kerzenklagen im Blumenmeer, der Bruder kam nicht wieder, erdrückte die Nachricht aus den Flammen. Hemma leugnete, lehnte nicht mehr ab; tot, fort für immer, hatte verlassen und sie hasste ihn dafür; strich zärtlich über seine Wange, da sprangen die Augen auf, der Tote zerrte an der Hand. Schreie, die Fessel löste nicht, Hemma stieß im Schrecken hoch. Lag noch eine Weile im abgetrennten Raum im hinteren Teil des Lagers. „Nieder mit Pronus!", Freunde hatten nicht lange gezögert, weggebracht vom Sarg, nicht sicher der Spitzel unter den Trauernden.

Thrakom floh nach Ordans Verhaftung aus Keinerland, Hemma führte einen Weinhandel in der Stadt vor den Bergen, fern dem Palast und früheren gemeinnützigen Tätigkeiten, unbedeutend, in der Not auf eigenes Fortkommen erpicht, verhalf das spöttische Gerede zu Ruhe vor dem Feind. Jakob im Versteck bei Rebellen, erkundete geeignete Orte in der Hauptstadt für den Anschlag, geriet in eine aufgebrachte Menschenmenge und kehrte nicht zurück. Den Bruder rächen, Pronus stürzen, kein Verdacht über ihr, liefen gut getarnt Vorbereitungen und das Geschäft mit Simon, dem Gehilfen. Der Palast verlangte ständig und Thrakom hatte für Verbindungen unter allen Umständen gesorgt, die Fäden in das Netz der Macht sich sponnen. In den Jahren, im Geiste wendig, schmiedete der kluge Stratege Bündnisse in alle Ecken des Landes und darüber hinaus, viele treu ergeben, wohlwollende Gunst auf Augenhöhe, man achtete und schätzte als einen der beliebtesten Männer im Land.

Durch Verbindungen gelang es auch, Ordan aus dem Kerker zu befreien. Aus der Gefolgschaft des Rätekreises eine Gruppe Kämpfer, verschanzt im Wald, belauerte die Gefangenenwagen, immer überall in die Straf- und Arbeitslager unterwegs. In einer Schlucht ein Steinschlag trennte letzte Wagen ab. Ordan war von Rebellen mit dem notwendigen Papier und Siegel zur Überstellung gefordert worden, wird zum Galgenacker gebracht und hängen; hinaus beim Tor in den Tross, der Auftrag in der Reihe vergessen und leer die Wagen, tags darauf wurde der Wärter gehängt.

Der Befehl Thrakoms führte zu Hemma ins Versteck; beiseite stehen, beschützen werde Ordan und bei Gefahr aus der Stadt bringen.

Hemma, zurückhaltende Wohltäterin in der strengen Mäßigung verkannt, besaß ordentliche Menschenkenntnis und ein gutes Gespür für Situationen, hatte Zirte unaufhörlich abgeraten, gab sich Pronus gegenüber schweigsam und bedeckt. Eine gebildete, junge Frau, eigenwillig, störrisch schwierig, wich Pronus Avancen gekonnt aus und nachdem Thrakom gegen eine Verbindung war, erachtete Pronus sie nicht weiter als verfolgenswertes Ziel, außerdem keine ruhige Minute unter der dauernden Bereitschaft zu verändern und die Begeisterung für die Ziele des Rätekreises als auch die Fürsorge im Armendienst bekannt, träumerischen Illusionen verfallen, sah er irgendwann unter einem starken Mann untergehen.

Thrakom wies die Möglichkeit im Rätekreis, doch langwierig diskutieren, bescheiden nicht verständig genug, zu entscheiden, was besser für alle, wusste Hemma nicht nur reden, Mitleid haben, man musste etwas tun und ging völlig zufrieden in der Bereitschaft auf, zu unterstützen. Den Bruder im Rätekreis ganz groß gesehen, wenngleich nie Eifersucht packte, reichte der Neid der anderen beschwerlich Gründe, sie verzehrten sich nach Jakobs Verstand, der Kühnheit, dem forsch, bestimmten Auftreten, den unglaublichen Mitteln, die Thrakom, der einflussreichste Vertreter im Rätekreis bot durch breit gestreute Investitionen, den unaufhörlich arbeitsamen Tag und weitsichtige Entscheidungen mit dem ansehnlichen Vermögen. Stets in Aufgaben vertieft, am Übermaß nichts gelegen, die Kinder sein Schatz, traf schmerzvoll der Tod des Sohnes und trotz des Leids unterwarf Thrakom sich in der empfundenen Liebe und Verpflichtung zur Heimat Hemmas Starrsinn, sie blieb und auch er würde die Segel nicht streichen, stattete mit vorhandenen Mitteln, verborgen vor Pronus, Verbündete aus, die eigenen Leute bewaffnen, auszubilden, Maßnahmen zu treffen für den Kampf.

Von Agaton kein Lebenszeichen, stand seine Rückkehr bevor, war Thrakom sicher beim Gedanken, dass der Stab den verträumten Denker erwählte, hatte er doch gesehen, wie Agaton als Junge beim Fest auf den Stab zuging und niemand konnte heran, als er leicht wie einen Holzstock im Wald hob und mit einem hellen Aufblitzen einen Moment verschwand, steckte zurück und lief unter nacktem Staunen zum Spiel mit Freunden. Ob bestimmt, es eine zufällige Laune des Stabes, würde sich zeigen.

Hemma, gleichermaßen Kämpferseele wie Jakob, fügte sich nicht unterwürfig, bewunderte einen starken Anführer, der Stab der Macht hingegen ein Hilfsmittel im großen Miteinander, ersetzte der Rätekreis nicht Vorsatz und Anstrengung, wobei Hemma ein Leben der Gelehrsamkeit genauso entschieden ablehnte, der Zeit im Felsenkloster geschuldet, nachhaltig unerwünscht. Hemma verfolgte den Tag, um anderen zu helfen und beabsichtigte, nichts zu ändern an dem Bestreben. Keinerlands Vergehen, Jakobs Tod, dauernd auf der Hut, bedrängte die leidenschaftliche

Bezwingerin, die an der Pracht des Lebens erblühte und ohne Freiheit unmöglich, die sie, als Dienerin in gewissem Sinn, schenkte und es tat gut, dankbar umarmt streichelte Glück, wenn man durch sie etwas schaffte und hätten andere, berührt durch ähnliche Gesten von Nächstenliebe, am liebsten geweint über die Güte, lächelte Hemma, schon bei der nächsten Tat.

Misstrauisch bei jeder Begegnung, Vorsicht, Kontrolle, Geständnis folternd die Verhaftung, nie endet seine Herrschaft. Lager und Gefangenentransporte, Ämter verwerteten Hab und Gut Entrechteter, schufen Geschichten und Mythen über Pronus, „Pronus gegen Armut" gab Lebensmittelkarten aus, Anlaufstellen für das Volk, dass der Herrschaftsapparat beobachte, sich schütze und erlangt mit den Karten Perfektion; nach Schwere des Verdachts geordnet, Pronus vorgeführt. Erfinderisch die Gehilfen, gewissenhaft bespitzelten die Wächter, bisherige Versuche, die Rebellen zu infiltrieren, scheiterten, selten führte eine Spur in ein verlassenes Versteck, es heizte Pronus Unmut an und schwächend, mit dem Stab der Blutkarten Antworten zu erfragen.

Immer alle Hände voll zu tun, es vermied traurige Gedanken, verwaltete Hemma die Versorgung der Rebellen, der Kampfverbände, des gesamten Widerstands, besorgte so manche Güter für die Kämpfer selbst, die auf den Bergen, in den Wäldern, anderen Städten warteten auf den Angriff. Listen mit Summen für Nahrung, Waffen, Bestechung, eingefächert Flugblätter, deren Besitz bedrohte, präsentierten sie doch den Anfang des Aufstandes und das Vorhaben, Lager,

Gefängnisse befreien, Stützpunkte der Wächter und Soldaten angreifen, Pronus stürzen.

Eine Horde betrunkener Soldaten, Radau am Haupttor, Hemma eilte heran.

„Nachschub für den König, für Pronus Helden!"

Der Führer der Gruppe aalte im Bassgrölen schwankender Krüge. Hemma öffnete, wusste, kein Tropfen erreicht den Palast. Der Soldat übers Haar, langte nach der Brust. „Vielleicht komme ich später für Nachschub, meine Schöne." Ein Schlag befreite.

„Meine Verehrung", den Schwertern der Soldaten entgegen, „und den bescheidenen Gruß dem König", ehrerbietig, bewusst würdevoll Herkunft und Stellung, sie verneigte sich.

„Wir nehmen, was der Herrschaft gebührt! Brav der Arbeit nachgehen", kniff die Wange und verschwand.

Nicht nur an dieses Tor platzte und pöbelte, zügellos, wann immer Pronus Heer es wollte, wurde der Hunger gestillt, füllte Mäuler mit der hilflosen Beute, die sich schlaflos wälzte in den Nächten, bis es geschah. Ein paar Mal lautes, hartes Klopfen. „Aufmachen!" Ein Wächter so spät in der Nacht. Was er wollte, „was nehmen? Schande! Verschwinde, lass mich!" Freiheit auf dem Boden, mit dem Frost erstarrt, ertrinkt im Sturm das junge Wild im See und der Wolf, der schlägt. Der Mann dachte nicht daran, die Schmach zu beenden. „Du ekelst mich", hauchte Hemma ins verschwitzte Gesicht, das immer heftiger verlangte. Der Wächter schlug zu, riss an den Haaren, dann zeigte sie die Krallen, hatte mit einem Messer in den Hals gestochen.

Durch Spalten im Bretterboden die Soldaten im Auge und die Klinge bereit, steckte Ordan das Schwert wieder. Eine in die Decke eingelassene Falltür öffnete im Schlafraum, an einem Seil hinunter landete er neben dem Bett. Ein versteckter Hebel in der Kammer, Hemma öffnete hinter dem Wandschrank eine Tür. „Eine Menge Soldaten und der eine ganz angetan von mir", bleich, aber lächelte, nahm eine Kerze, Stufen in einen Keller, Ordan folgte. „So betrunken hättest auch du sie erledigt. Außerdem läufst du zur Falltür, denn dein Held, der Meister mit dem Seil, steht zur Verfügung", nahm die abwehrende Bewegung der Hand, die am Oberkörper streifte, als Bezeugung der Gunst, setzte sich an einen Tisch und überlegte. „Nieder mit Pronus. Die Flugblätter bringen ins Gefängnis, diese Unterlagen den Tod. Fallen sie dem Feind zu, ist es vorbei mit unseren Freunden."

Die Listen, Bücher und Aufzeichnungen bewahrte Hemma im Versteck, unzählige Flugblätter darunter, Waffen lagen herum, ein kleineres Fass stand abseits.

„Wenn das brennt, fliegen nicht nur Papiere durch die Luft! Außerdem wäre es nicht das erste Mal, dass ein Fass in der Not gelegen kommt", zitternd entzog Hemma die Hand, die Ordan berührte. „Wir brauchen dich für den Kampf, besser, du verlässt die Stadt, schließ dich den Rebellen im Wald an", und entwischte trotz der Strenge seinem Blick. „Bist du überhaupt der Aufgabe gewachsen? Nicht so einfach, den Stab zu tragen", neckte sie, wandte sich ab, damit er die zärtliche Fürsorge, die überwältigte, nicht erkenne. Ordan atmete den Duft der Haare, flüsterte, „und nur der Stabträger kann ihn gegen Pronus richten."

„Wenn Agaton nicht mehr lebt! Wie sollen wir Pronus besiegen?"

„Zusammen! Wir schaffen es, ich lasse nicht zu, dass jemand dir schadet."

„Kommt es dazu, kannst auch du nicht helfen. So schwer es fällt, du musst fort. Gefühle hindern und wir dürfen die Anstrengungen nicht aufs Spiel setzen, uns nicht achtlos in uns verlieren!"

„Dich aufgeben? Immerzu in Sorge und Gedanken?" Ordan sank in Hemmas Arme, sie stieß zurück.

„Wachsam sein!"

„Wie du willst. Rache an Kalmyra bleibt der einzige Verbündete."

„An was soll ich mich halten? Du hast den Vater verloren, ich den Bruder. Zusehen, wie sie alle töten?" Unwiderstehlich Ordans geneigtes Haupt, durchs Haar fahren, Mut zusprechen, trösten. „Schwäche ist unser Verderben", stattdessen schroff.

„Du weißt, wir gehören zusammen und du wehrst dich? Willst du mich nicht?"

„Du weißt genau, was ich will! Wir lenken uns zu leicht ab, das Messer an der Kehle, wir dürfen keinen Fehler erlauben! Du bist besser dran ohne mich. Hilf den Rebellen, besiege Pronus und Kalmyra!", kühl, ohne Unterbrechung, „ich muss auf den Markt Vorräte für die Rebellen im Wald besorgen."

„Warte! Gemeinsam sind wir stärker! Warum trennen, wir gehören zusammen."

Hemma entgegnete nichts, dämmerte seit seiner Ankunft, Ordan der Begleiter für den Rest ihrer Tage, es keinen anderen geben wird. Heftig die erste Zuneigung, erwachte Liebe in der Angst; der Bruder beim Versuch getötet, Veränderung herbeizuführen.

Thrakoms Befehl, alles Lüge, vergeblich hatten die Rebellen versucht, Ordan aufzuklären, der Verstand verschreckt nach den grausamen Machenschaften, der Zeit im Gefängnis, das Vertrauen in die Menschen zerbrochen, stand er, verängstigt im Glauben, auf dem Galgen zu sterben, vor Hemma und sie erlag den tiefen, schwarzen Augen, wilder Zerbrechlichkeit. Hielt Männer geziemt auf Abstand, nicht prüde oder befangen, zart in Empfindung und meist abgewogen, sich weitere Überlegungen erübrigten. Grob verletzlich, ausgeliefert, wartete sein Tod heimtückisch, wie Ordan annahm, bettelnd die Hand ergriff, als Hemma die Wunden versorgte. Aus den Fängen Pronus entkommen, umarmt, nie mehr loslassen, befreite.

Fest entschlossen am nächsten Abend, schmolz der Blick in seine Augen den Vorsatz, der Verliebtheit und Zier der Körper nicht nachzugeben, aber alle Kraft einsetzen, damit der Tod des Bruders gesühnt und die dunkle Nacht über der Heimat endete.

Abzählbar die Erlebnisse, ausreichend erfahren, die Leidenschaft zu schätzen, trug bisher keine fort und keine vergangene erweckte ähnliches Verlangen. Abweisend, stets dem romantischen Traum treu bildete den Gegensatz zu Ordans Gewohnheit, seit der

Jugend Genüsse unbeschwert zu leben. Thymos ermunterte, Körper zu genießen, falsche Scham verklemmt und Ordan, ein wohl wählender Liebhaber, fischte aus dem Teich der Menschen, fühlte niemand bevorzugt nahe bis zum Tag der Todesangst und Hemma wartete statt dem Strick. Die Liebesnacht überraschte. Sanfte Blicke streichelten, zwei Seelen atmeten einander am Duft der Körper, annehmen, erlaubte Hemma erst nicht, aber tief im Herzen erfasst und auch Ordan war auf wundersame Weise berührt.

Ernüchterung an einem anbrechenden Tag. Soldaten rammten gegen das Tor. Bei schlimmen Drohungen verwünschte Pronus den elenden Menschenhaufen, nicht genug Exzess und Weiber, gehe sogar der Wein zur Neige, selbst das verlauste Pack vor den Mauern verstehe, bessere Feste zu feiern und jagte hinaus für Nachschub, gern befolgt fern und sicher der Reizbarkeit und üblen Laune, ängstlich ausgeliefert für „alles, was ihre Majestät wünschen."

Der Überfall rief die Gefahr wach, Hemma wird nicht unnötig belasten, der jungen Liebe Ruf eine Absage erteilen, stark, über Leidenschaften erhaben, traf mit Wucht ein Widerspruch im Leben.

Die Liebe war schön, waren Momente treu? Leidenschaft zeigte nicht alles und redlich dem Leben gedient, entblößen lassen? Auf den Schlag, den sie versetzte, nicht gefasst, versuchte Hemma, strebsam Härte gewohnt, einer Laune zu entgehen. Es wurde nur schlimmer, dazu die Angst, nichts bliebe, Hoffnung, Liebe, die Zukunft verloren und Objekt der Begierde für den Drang, falls doch einseitig ein Gefühl bestimmte, nie, niemals auch nicht im Zusammensein einer Verbundenheit verpflichten, den Haushalt führen, zu essen auf den Tisch stellen, konnte sie allein und setzte das Leben allzu gemein noch zu, hielt die verdeckte Drohung lebendig, stand der Gang ins Felsenkloster offen. Hemma erschauderte, schalt sich törichter Gedanken in diesen Zeiten des Unglücks und Todes allgegenwärtig, wird es nicht zulassen, helfen beim Aufbau der geballten Kraft, sich nichts und niemand beugen.

Flatterhaftes Rumoren, Flügel leicht, verwirrt, lächelnd aufgesogen im Glück, verfällt der schöne Schein, ein bisschen Nähe, aber eine Liebe, zerplatzt der Traum, bestimmt noch so ein Blender, nichts anderes als lügen, hasste Hemma sich, mit den Gedanken betrügen. Dennoch dem wärmenden Gefühl folgen, alles verlieren, und schmiegte nicht gerade der Verlust der Menschen, die sie liebten, aneinander, missdeutete für den Umstand, vermied, einzugestehen, aber Ordans ungezwungene Art, die Liebe aufzufassen, wütete sie, der konsequenten Verfolgung der Einstellungen untreu, welche Argumente blieben, beobachtete Ordan schon früher und bestand darauf: nicht sonderlich interessant der Haudegen, schnell, stark, zu wechselhaft und eine unentbehrliche Stütze im Kampf.

Nicht länger nötig, satt die Menschen, Ordan zerschunden, angeekelt des entfesselten Wahnsinns, verantwortlich für Verlust und Schmerz, das grenzenlose Übel und hatte nicht vor für irgendjemanden auf irgendeiner Seite zu kämpfen, bevor Hemmas stürmische Begeisterung mitnahm. Kalmyra zu töten, bestimmte der Hass, gab Halt und Kraft, stärkte im Gefängnis. Fürchterlich zuwider der Stab und die Gier, die er hervorrief, bringt Kalmyras Tod Ruhe und verschafft Frieden. Der Hass erlosch unter einem stickigen Sack, quälend die Angst vor dem bevorstehenden Ende. Von Pronus beim Ritual der Verkündung vom Aus des Rätekreises begnadigt, dem Beginn seiner absoluten Herrschaft, war Ordan auf den Tod, schmachvoll und früh, nicht vorbereitet. Vergeltung, Tod der Erzfeindin, angekündigt der eigene, zerbrach, die Bruchstücke vom Drang im Leben, Jahre sekundenschnell dahin, drohte das dunkle Grab, verstörte; Schicksal verflucht, schwor Ordan den Menschen, jedem Gott ab, hörte die Stimmen der Rebellen, erkannte Wohlwollen und Absicht nicht, hielt es für einen gnadenlosen Scherz der Peiniger und nachdem er versuchte, sie anzugreifen, konnten sie nicht einmal die Fesseln lösen, es erhärtete den Verdacht, er sei Spielball, verhöhntes Opfer der Folterknechte. Die Befreier gaben erfolglos auf. Ordan zerfiel vor dem großen Unbekannten, entrückt, abseits des Geschehens. Die Männer brachten zu Hemma. Noch während sie sprach, wähnte er weiter in den Irrsinn treiben, verwunderte durch eine zärtliche Berührung, als sie umsorgte und die Welt erstrahlte in einem warmen, hellen Licht. Hemma berichtete über den Vorgang der Befreiung, den Wunsch Thrakoms, gelangte zu Errungenschaften des Widerstands, leuchtete auf, begann, ausführlich auseinanderzusetzen. Zutiefst dankbar schwand mit jedem Wort der Glaube an eine abgesprochene, intrigante Falle, die auf unverständliche Weise verwickelte in Pronus Vorhaben. Die Anspannung des Körpers löste und auch der verworrene Geist, neu geboren lauschte Ordan aufmerksam, wo Waffen beschafft wurden, hörte von Vorbereitungen, Übungen der Kämpfer, Spionen im Palast, jenen davor, die Gesinnung zu wechseln. Den Stab zu beschaffen, schloss die Schilderungen ab, was nichts nützte ohne Agaton und immerzu lächelte der süß verwirrte Ordan Hemma an, ganz in ihr versunken. Den Bewegungen, Gesten, Worten und Blicken des anderen hinterher, wuchsen Liebe und die Angst, selbstsüchtig Ordan zu beanspruchen, der helfen musste und Hemma, nicht vorbereitet auf so viel Glück, das nicht anzunehmen noch zu ertragen war beim Gedanken an die Flut der Tränen, wird Ordan fortschicken, damit nicht sie eine Last wird im Kampf, der alles Denken, jede Leidenschaft erforderte.

Am Tor klopfte es. Eine unruhige Nacht und schlimme Träume, erwartete Simon wenig Besserung, die Lage spitzte sich zu. Hemma berichtete nie ausdrücklich von Rebellen, aber ließe Rückschlüsse auf direkte Verbindung zu, sprach über Umwege andauernd von deren Taten. Mit dem Weinhandel übernommen, entschied Simon bei den ersten Fässern mit Lebensmitteln, keine Fragen zu stellen, es stellte sich nicht als verfolgt, gefährliche Straftat heraus und war es doch. Simon lehnte unbedingt genaue Kenntnis von allem ab, dem beschaulichen Fließen des Tages zugetan weitermachen wie zuvor, die Herrschaft Pronus, so gut wie möglich, vergessen. Frühstücken, dann an die Arbeit, vertrieb die Sorgen; bereit für Einkäufe, Fässer für den Transport mussten auch noch vorbereitet werden. Auf überlegene Weise nicht an Hemmas offenes Geheimnis gebunden, Angestellter, natürlich vollkommen unglaubwürdig für den Fall eines Verhörs, verhalf die Ausrede, weiterhin ein halbwegs ruhiges Leben zu führen, nicht dem fortschreitenden Wahnsinn zu verfallen. Teil der Verschwörer und Rebell oder leugnen, überlegte manchmal nachts, ob froh sein oder sich für verrückt erklären, entwand der Gedankenspirale, erledigte Besorgungen und nahm, dem Geschehen den Lauf, hin, nicht zu ändern, auch noch so traurig und schwer zu ertragen, wenn auch eilfertig, sich damit zu entlasten. Ein Wechsel der Macht im Palast meist ohne Interesse fern, nun schmerzlich bei den einfachen Leuten, zu denen Simon mit aller Bestimmtheit und jedem Stolz gehörte, musste doch irgendwann vollzogen und Leben sich wieder ohne die Angst in den täglichen Anstrengungen, Freuden und Mühen erfüllen. Er drängte zur Eile, auf dem Markt holte Hemma beim Obsthändler die Bestellung ab.

„Prächtiger Tag", der Mann betrachtete begehrend.

„Es geht ihnen gut", Hemma rückte ein wenig ab, wusste um die Begeisterung nicht nur für Pronus.

„Obst und Gemüse für die Armen, die gnädige Frau. Milde Gaben, wer geben kann", die Antwort auf Hemmas gutmütigen, wenngleich vorwurfsvollen Blick. „Es gibt zwar Lebensmittelkarten, aber unseren Leuten zu helfen, gut. Wenigstens ist das Gesindel vom Markt verschwunden und über Nachfrage nach meinen Früchten kann ich nicht klagen. Heil Pronus! Dank dem König."

Entgegen speien die Gemeinheit, durfte das Gerede nicht aus der Fassung bringen, frevelnde Bosheiten über Pronus in Gedanken zauberten ein Lächeln und stellte zufrieden.

„Eine Ordnung schaffen wie der König in seiner Weisheit zeigt, so hat auch bei mir alles sein System und dem kann keiner entkommen", bemerkte der Obsthändler bissig. „Früchte nach Größe geordnet, landet faules Obst im Müll. Geht unter in den Zahlen", boshaft hinterher, „der Preis der Untätigkeit vorangegangener Jahre", zusammenhanglos weiter und reichlich laut.

„Alle haben weniger, im Überfluss leben, hat Pronus versprochen." Hemma verabschiedete den Mann, das protzig, böse Gerede berührte unangenehm. Keinerlands Gier nach Gold erfasste, ein Leben lang schon reichlich, wenn Hemma wollte, aber einen Tag mit Tat füllen oder das Herz erwärmen, es brachte den Bruder nicht zurück. Jakob, nie begeistert von Hemmas Vorhaben, einmal das Viele mit vielen zu teilen, stimmte mit Thrakom überein, der, nicht geizig, überaus wohltätig und freigebig, davon nicht viel hielt. „Alles hergeben und verfallen lassen?", beharrte Thrakom, dass sich nichts ändere an der Menschen Übel Gier, sich um nichts kümmern, aufbauen oder den Willen zu verbessern, die wenigsten teilen würden, reich beschenkt; der Drang nach leichtem Leben bliebe immer bestehen und die, die die Last nicht mehr spürten, beschwerten gerade jene, die sie kaum mehr tragen konnten. Die Menschen anleiten, beizutragen, sie untätig verschleudern sehen, würde Thrakom nicht fördern, wusste die Früchte der Mühen der Menschen in dieser Zeit nicht dem Gold gleich glänzen, aber so sehr er sich mühte, antrieb, Neues zu erwecken, mitzuhelfen, investierte, dumpfe Verdrossenheit dunstete träge über Keinerland, ablehnend im Miteinander des Lebens Herausforderungen zu begegnen. Hochmütig mit dem Gold befehlen, Wunsch und verachtend Angst der Menschen, band Pronus mit Gold und Stab an seine Ordnung und eigennützig reichten wohlhabende und reiche Bürger die Hand, um die Schätze zu behalten.

Bevorzugte Stellung, Besitz und einhergehende Sicherheit erlaubten vor dem Umbruch vorzüglich leben, Hemma, durchaus bescheiden, stellte ein Gutes getan zufrieden, versuchte nicht, im Verzicht entkommen, aber geben und helfen, vor dem maßlosen Begehren vorsichtig in Distanz wie vor der Flamme des Stabes. Blendete der schöne Schein des Goldes nicht mit beständigem Vergehen, hetzte, zu bekommen, endlos erdrückte Verlangen. Gerne dem Tag etwas schenken, sich am Leben verbrauchen, man ließ nicht der Wege gehen. Ein Stab, ein Reich, Berge aus Gold für jeden. Pronus Versprechen verfallen, der Macht ausgeliefert, ein Ding geworden, nicht halb so nützlich, einfacher zu benutzen als der Stab, handhabe Pronus Wollen das Immerzubereitzudienen, wie es gefiel, befreit, darin aufzugehen, ein gutes Stück davon bereiteten der Mühsal und Suche ein Ende. Gold,

Dinge, Menschen für den Genuss, erlauben, nehmen, wovon man will. Angenehm gefallen im Erscheinen, erheben hinein in den begradigten Fluss, nahm die Strömung schneller mit, ließ untergehen.

Dem Land, der Erde, die Behausung gab, gehörte Hemma, nicht Pronus, der ausholte immerfort und niederschlug. Nicht gegeneinander, miteinander. „Zusammen, uns verbünden", zum verdutzt dreinblickenden Simon, der sich zu ihr gesellte.

„Ich für meinen Teil vermisse die anderen Händler", beteuerte die Verkäuferin des Gemüsestands gleich daneben, die dem Gespräch Hemmas gelauscht hatte, „die Gerüche der fremden Früchte! Zuvorkommende Menschen, wie oft haben sie Kostproben vorbeigebracht, vergnügt mit einem Schwätzchen!", lächelte sie herzlich, streifte den Obsthändler mit strafendem Blick.

„Die Gelassenheit fehlt, der Hauch von Fremde und Abenteuer, der von den Ständen wehte, und Freiheit", fügte Hemma leise hinzu.

„Mein gutes Kind, du sagst es. Und Freude! Man traut sich nicht mal mehr jemand anzusehen, bekommt Angst vor den eigenen Nachbarn", suchte sie den Obsthändler im Sessel hinter den Früchten. „Alles dreht sich um die Herrschaft mit dem Stab, aber wir sollten entscheiden!"

Die Händlerin, der Reden aufgebauscht energisch, geriet in Rage, zu spät entdeckte Hemma Wächter und Soldaten, deutete mahnend mäßigen, die Frau verstand nicht, fuhr ungehalten fort. „Pronus herrliche und großartige Herrschaft. Ins Gefängnis werfen, unterdrücken, Gelage mit Huren feiern. In nichts als Dunkelheit kann der Mensch doch nicht leben! Und Pronus ruft angeblich dunkle Mächte an für seine Macht!" Erzählte die Frau das Gerücht bisher hinter vorgehaltener Hand, brachte nun Wut auf über die Vorgänge im Palast, bevor sie harmlos weitersprach. „Dabei gibt es Möglichkeiten, die Menschen zu erfreuen. Ein gutes Essen zum Beispiel", sah unschuldig drein, zeigte plötzlich Finger als Hörner an den Schläfen wachsen, tanzte ungehemmt, sang, „Pronus-Früchtchen biete ich hier feil", und prustete vor Lachen. Ein Wächter lauschte der Unterhaltung und trat hinzu. „Pass auf, was du sagst, Gemüsehändlerin!" „Aufpassen?", erstaunte, noch nie irgendwelche Schwierigkeiten, traten neue Autoritäten allerorts wohlgesinnt auf und ein echtes Maß der Veränderung fehlte. Selbst wenn die Frau viel hörte, so einiges wusste, keiner der nächsten wurde je abgeführt und bei den schrecklichen Geschichten bestürzt, doch froh insgeheim über ein durchaus angenehmes Leben unter Pronus, führte sie weiterhin den Stand, meinte sich behütet, unbescholten, nicht angreifbar, leider unvorsichtig über das Unrecht erhaben. „Aufpassen, auf was?", nochmals, aber lauter, „nicht alles in die Tat umzusetzen, das durch den Kopf geht?"

„Spielt sie auf eine Beleidigung des Königs an? Packt sie!", rief der Wächter, die Gemüsehändlerin inmitten einer Soldatenschar, „keine Sekunde traue ich… Was soll das!", man führte ab.

„Wir nehmen mit, um die Aussagen besser zu verstehen. Hat irgendjemand einen Einwand gegen Pronus Urteil?" Simons unschuldig entsetzter Ausdruck reizte. Der verstand nichts, es ging so schnell und wo früher nach einer ausufernden Meinungsverschiedenheit Gemüter beruhigten, verschwand ein Mensch. Er starrte betreten, stammelte, brachte kein Wort heraus. Die ängstliche Tollerei ein Spaß für den Wächter, aber bevor er die gute Laune verlor und verhaftete, packte Hemma Simon. „Komm, gehen wir nach Hause."

„Die junge Dame hat hinzuzufügen!"

„Hoch lebe die Weisheit des Königs, Heil Pronus!" Hemma schlich mit dem teilnahmslosen Simon davon.

Sonnenfinsternisverstummen durch die Verhaftung ringsum, achtlos beschneidend Willkür, widersprach, nicht einmal beabsichtigt, die kritische Rede aufrichtig der unwürdigen, die Menschen tretende, Zensur, führte die eigene Sprachlosigkeit vor Augen. Auf das Reißbrett eines Zeichners gezwungen fühlte Hemma sich, als Marionette, zu keiner Handlung, lediglich fähig der Lebensgeschichte zuzusehen. Ohne Licht kein Leben, hatte die Frau gesagt, Hemmas Augen glänzten, ohne Freude, ausgehöhlt seit dem Tod des Bruders, änderte Ordans Ankunft alles. Nein, nicht trennen, sie gehörten zusammen und werden den Dämon verjagen.

Einen Schritt nach dem anderen, konzentriert auf die gleichbleibende Abfolge, half Simon, zu beruhigen. Du bist ein Mörder, schwirrte durch den Kopf.

Die Gemüsehändlerin hatte nichts getan, kein Verbrechen und keine Gemeinheit, ein gemütlicher, fröhlicher, zuvorkommender Mensch machte gern Späße und sie haben sie mitgenommen. Gleiches um ein Haar Simon geschehen, warum sie, nicht er und hat nichts unternommen, sah Hemma an, blieb stehen. „Der Mensch ist nichts mehr wert." „Ich weiß", sagte Hemma, „ich weiß." Fürchterliche Erkenntnis, knapp entronnen, das erste Mal lebendig bewusst ein unbedeutendes Rädchen einer sich verschlingenden Maschine, die ein beliebiges, beliebtes Irgendetwas und Irgendwer herstellte, und es galt Pronus Gefolge nach eigenem Ermessen darüber zu bestimmen. Simon hinkte bestürzt wie noch nie im Leben heim. Hemma hingegen lief so schnell sie konnte, außer Atem, voller Glück, gemeinsam stark gegen Pronus, schloss das Tor auf, rannte in die Kammer. „Ordan, komm herunter, ich muss mit dir reden." Nichts rührte sich.

Über das Dach hinaus war er verschwunden.

Natürlich achtete Ordan Hemmas Einsatz im Widerstand, überhaupt den Mut, der Gefahr zu begegnen und sicher nicht absichtlich, aber verschwinden, kränkte und Ordan brauchte Gewissheit. Hatte von Liebschaften erzählt, verliebt sein verflüchtigt, aber unmöglich, kein Wort erwähnt, stimmte für Hemma nichts mehr, dabei für Momente tatsächlich hin- und hergerissen, obwohl keineswegs jemals zuvor durchdringender erfasst, rätselte Ordan, ob die Liebe wahr sei. Gedanken überrannten, verführten, nun plagte Angst; ihn forthaben wollte sie, aber nein, bleib, halt fest, lass nie mehr los, liefen die Worte hinterher. Ordan schritt unruhig auf und ab, kletterte durch eine Luke aufs Dach, um ihre Rückkehr zu erspähen. Jeden Morgen in der Dämmerung hinaus, die Mauer entlang und hinunter in einen Innenhof, der, abgeschirmt von Häuserwänden, ein anderes Quartier der Stadt begrenzte, prüfte Ordan das Pferd in der Scheune für eine Flucht.

Hemma und Simon länger aus als üblich, drohte ein Zeichen am Himmel am Morgen, das er verschwieg, als Ereignis, in das Hemma beteiligt war. Wo sonst Wolken leuchteten, blähte aus dem Himmelblau eine Maske, schwarz, traurig menschlich, voller Kummer und Schmerz. Allein ins Ungewisse, gegen den Feind verlieren; sie konnten nur gemeinsam bestehen, führte Ordans Grübeln Erinnerungen an die Gefangenschaft zu.

In einer Zelle mit Dieben beschäftigte Pläneschmieden für den Tag in Freiheit, noch nicht zum Greifen nah, doch Nachricht der Kontakte verbesserte die Stimmung kaum erträglich.

„Pronus hält die einzigen Verbrecher nicht im Gefängnis, die Tatsachen sind nicht zu leugnen", so der Kopf der Bande, „aber erleichtern wir eben Soldaten ihrer Taschen", lockte zustimmendes Grinsen hervor, zu Ordan, der sich aus allem raushielt, so gut er konnte, „das ganze Elend ist nicht deine Schuld, du kannst diese Zeit nicht mit Worten und Argumenten widerlegen", in Anlehnung an ein Gespräch in langer Nacht, die anderen verneigten die Häupter.

„Bringt die Zeit nichts Gutes, muss man es tun und verändern", windend in die Ecke, krümmten Worte der Güte kleiner in den Schmutz.

„Den verdammten Feuerstab stehlen", sprang ein Ganove hoch, „wenn die Hölle, dann brennen!", ein anderer ans Gitter.

Kalter Stein, schäbig und verdreckt, roch nach Berg, Freiheit an der Sonne hoch oben; die Gefangenen besannen sich der Unglücklichen, die unter Pronus das Leben ließen, hockten außerhalb des Lichtkorridors vom Gitterfenster an die Wände geflohen, schmeckten in der Nase, im Mund, streichelte alle Glieder die Frische vom See, die eine Brise in die Zelle trug und schwiegen so laut, dass es weh tat.

Hoffen, geduldig warten, beten, Ordan verachtete sich dafür; ein Ausweg, wo war die Möglichkeit zur Flucht? Abfinden zertreten, misshandelt, in den feuchten, modrigen Mauern verrotten; unmöglich, zu ertragen, befreit der Galgen; hilflos Schmerz begehrte, zu verstehen; unachtsam verlangt haben, nicht eingestehen, nichts änderte; Vertrauen gebrochen; sein Fehler, dem Stab nicht gehorcht, die Schändlichkeit der Menschen nicht zu Ende gedacht. Ordan hasste mehr noch sich selbst. Deine Schuld, ständig wiederholt, verfolgte, kein Kreis, schleifend, immer wieder gegangen, führte heraus, nur selten Ruhe in der kargen Wiederholung, selbstgenügsam Stolz, dem Zweifel erlegen, stolz auf das Sein im Dreck? Jeder Tag ein Kampf, mühevoll durch stinkendes Gewässer, zähmte Ordan streng die Hasslawine, nicht herfiel über einen Zellengenossen, prügelte und schwor, falls die Wände zu

überwinden und wieder frei, mit verheerender Zielstrebigkeit Kalmyra im kühlen Zorn zu töten. Die besessene Gier und Hinterhältigkeit, mit dem erlöschen-
den Leben atmete er den Schmerz aus und Frieden
füllt die Seele. Die Befreier trampelten letztes Hoffen
in den Schmutz. Die Nachricht vom Strick verstörte,
wahnhaft Todeswunsch, auferstanden, zerfetzte und
hätte nicht Hemma den Gebrochenen sorgsam zusam-
mengefügt, Ordan wäre nie mehr er selbst geworden.

Weit im Gesicht eine Mütze, ein Geschenk von
Hemma, stieß Ordan beinahe eine alte Frau nieder, die
sich bemühte, fortzukommen. Männer in zerlumpten
Mänteln boten Arbeit an, Kinder wortlos beim Spiel.
Man mied den Augenkontakt, hielt Ordan für einen
Wächter, wich aus. Auf einem Platz, der Schwarz-
markt, ein Mann ins Gespräch vertieft, zog der ver-
zierte Schaft des Messers am Gürtel unverständlich
an. Ordan musste das Messer haben. Gewandt durch
die Menge und schon am Griff, „du? Und schämst
dich vermutlich nicht!" Agaton überwältigte und Bilder der Verbrechen überfielen, der Flucht, Thymos
Tod, forderten Antwort und Verstehen, Ordan wich
erschrocken zurück.

„Was?! Ich bin unschuldig!"

„Unschuldig, du Schuft! Hast Pronus zu meinem
Vater geführt, du hast ihn getötet!"

„Du bist verrückt, retten wollte ich uns!"

Seit Jugendtagen bekannt, vor dem Einzug in den
Rat, gemeinsam die Zukunft gestalten, stattdessen
Mord, Verfolgung, sie misstrauten der bestehenden
Verbundenheit; die Absicht des anderen zu erkennen,

reglos, aneinander, abwendend vorbei, ein Vorteil und schneller Angriff in den Schlag der offenen Hand, setzte ein Stoß an Agatons Brust zurück. Die beiden im Sprung landeten auf dem Boden. „Töte ihn!", schrie die aufgebrachte Menge, aber die Anstrengung ließ nach, wandelte in spielerisches Balgen. Dabei traf Agaton unabsichtlich ins Gesicht, der Kampf nahm wieder Fahrt auf, machte Soldaten aufmerksam, der Großteil der Schaulustigen verschwand. Auch eine junge Frau zögerte nicht, eilte zu Sirena und berichtete, hatte den gutaussehenden Raufbold gleich erkannt. Worte finden und beenden, leichter austeilen und ein Gleichgewicht der Stärke verkündete ehrgeizig überlegen und Sieg.

Die Soldaten hätten nicht bezwungen, folgenschwer jedoch der Person enthüllt in den Kampf gezogen, eine Mauer gebannter Männer drauf und dran zuzuschlagen und durchbrochen. Hemma lächelte zu, entschuldigte die Rangelei, während die zwei die Soldaten auch schon bemerkten. Ordans Mütze bis über die Nase mit leichtem Kneifen ins Gesicht, „törichte Bengel, vertragt euch besser wieder!"

Freundschaftliches Umarmen, eine Ohrfeige für Ordan und aus dem Blickfeld der Soldaten, schubste Hemma Agaton hinterher. Ein Lächeln, streng mit Sorge verführerisch vermengt, besänftigte restlos. „Brüder", erleuchtete die verständnislosen Männer, „immer für eine Überraschung bereit."

„Was hast du dabei gedacht?", mit dem größtmöglichen Vorwurf, bereit in Ordans Arme zu fallen, „bringst eine Horde von Pronus Leuten auf gegen dich! Agaton, du lebst!", hell erfreut und milde, „ich habe dich gleich erkannt."

In der Häuserschlucht eine Laterne warf das Licht eines anderen Tages in mattem Schein und als habe der Wunsch, diese große Kraft, die durch die Soldaten zwängte, die Lampe entzündet, damit das Licht leuchte, berauschte ein unerklärliches Gefühl der Zuversicht trotz allgegenwärtig feindlicher Gesinnung. Ordan sah Hemma aus dem Augenwinkel an, fühlte erlösend den Blick ruhen, sie führte in eine Kellerschenke und die Begleiter waren gut beraten, als an der nächsten Ecke ein Trupp Wächter sammelte, vom Tumult angezogen Ausschau hielt nach aufgeschreckten Gesichtern, in denen womöglich ein Geheimnis verborgen lag.

Ein Refugium der Geselligkeit unter altem Gewölbe in der fremd gewordenen Welt. Heimlich stolz unterdrückte Hemma abfällige Bemerkungen bei den Schrammen, streifte, noch aufgeregt, das Entwenden des Stabes durch Thrakom, der bloß den Dienstplan der Soldaten vor dem Saal vertauschte, mit Getreuen einsame Gänge durch den Palast, verneigten sich die Wächter am Tor vor der Macht. Das Leid der Menschen, die Vorbereitungen des Widerstands, der geplante Angriff, ernst der Ausdruck, sah sie plötzlich kühn an. „Das anzügliche Schauspiel eines Kampfes hat es nicht leicht gemacht, auch die Soldaten wollten sich auf euch werfen."

Agaton, verblüfft, zog es vor, sprachlos zu bleiben, konnte es sich nicht verkneifen, Ordan anzublinzeln, der durch Hemmas Übermut, die freistättischen Ansichten herausgefordert und verunsichert, Einschränkung verlangte, selber darüber erschrocken, berührte es peinlich, als gelebte Überzeugungen, frei und fröhlich, so plötzlich zusammenstürzten.

„Ah ja, hast den Soldaten schöne Augen gemacht?"

„Was soll sein?"

„Gar nichts. Außerdem hat er angefangen", beschuldigte Ordan Agaton ein wenig unbeholfen, besann sich dann doch lieber zurückhaltend und keiner Macht über Hemma, die Beziehung nicht zu überblicken, nahm den Krug und trank.

„Spielen wollt ihr!", gab Hemma Ordans gleichgültiges Gehabe frech als Lust zurück, verlangte, obgleich verbunden dem durchtriebenen Gauner, satt zu trinken an der Aufregung, Ordan in der Enge sehen, seine übliche Freiheit ungehemmt genießen, beobachten, wie er reagiert.

Bei einer beunruhigenden Mischung aus Wut, Überlegenheit, die sich merklich verzog, der Erfahrung der genialen Beute der Gelegenheit und diesem mehr als verlockenden Bisschen Liebe, das Ordan empfand, ärgerte der wilde Übermut, der Hemmas Schönheit nicht minderte. „Ein Kampf steht bevor und du willst dir einen schönen Abend machen!"

Die Andeutungen reuten, die aber alle Ordans Erzählungen entstammten, bereiteten Agaton würdig ehrlichen Empfang. „Manchmal hatte ich keine Hoffnung mehr", fuhr sie fort, „nur noch Angst, nun ist der Neubeginn, den ich schon lange erwarte, da und verspricht das Glück eines Lebens."

„Du verlierst dich in Träumereien. An ein großes Glück kann ich nicht glauben."

Spotten gelang nicht, weit offene Augen begegneten Hemmas enttäuschtem Blick.

„Was du meinst, ist der Berg Gold ohne Anstrengung, immerzu glücklich, was niemandem gelingt und doch ist, was ich meine, es kehrt Tag für Tag wieder."

„Tage der Mühsal kehren wieder, wenn überhaupt", eifersüchtig und gereizt, Unmut weiter Ausdruck zu verleihen.

„Ich verstehe, Hemma, was bleibt, sind wir und die Zukunft, die offen hält. Gemeinsam kämpfen, wir schaffen es, nichts hält davon ab."

Fernab Pronus Macht zufrieden, der Gedanke demütigte, in der Brandung bitterböser Rachewogen, im aufziehenden Sturm hin- und hergeworfen, auf die eine, die andere Seite, jedes Leben willkommen, eine andere Wahl, diese Welt, die Freunde schon lang gleichgültig, endgültig, bedauerte, nicht mehr berührt, loslassen, was hinderte, voranzugehen; der Frevel, ungehörig vergessen; nichts je vorbei, wenn nicht zu Ende gelitten, die Vergangenheit war nie vorüber, mit ihr blieb jeder; und auch anderes war, wird nicht begegnen, ausgeschlossen in seiner Zeit; der Tod der Eltern und Menschen lag wie der eigene da, die Zukunft mit Pronus, eine Vergangenheit ohne Ordan, zeigten sich entschieden, rasend ändernd Wege und Agaton sich selbst darauf verloren, versuchte, sich fassen, fuhr gedämpft fort.

„Der Seher hat viel gelehrt und dabei habe ich immerzu gewartet auf eine überragende Erkenntnis, die befreit vom Bangen und Hoffen, dem schändlichen Feigling."

„Du brauchst einen Grund, einen klaren Sinn! Nichts bleibt, außer auf den guten Tag zu hoffen, der dem schändlichen Menschen hilft, besser zu werden", lächelte Ordan, obwohl die gezeigte Stärke enttäuschte, von einer Härte nicht viel zu erkennen, blieb die Wahrheit in den Augen ein Spuk; der Leichtigkeit des Lebens unverbesserlich hinterher, erleuchteten Ordans erdrückende Tage, glauben, es wäre unter Pronus möglich?

„Der Glaube an den Stab kann Gott nicht ersetzen, auch wenn an Berge von Gold gewöhnt, man es nicht glauben mag, viele schöne Momente konnte ich nicht sammeln und hätte ich nicht den Mühen anderer mich ergeben, wären keine daraus geworden und auch kein guter Tag."

Gold, glänzend, zähes Lachen, fremde Zeit gehörte nicht, machte Dunkles hell, hart weich, grausam gut, schreckte ab, verbarg hässlich Herzen heil, ohne den Schein gesehen mit seinem und wozu, die Tage glichen ohne echtes Lächeln, es machte das Herz nicht frei und glücklich.

„Die Ungewissheit bleibt. Wir werden einmal gehen, fragen, ob denn gut und richtig, was war, aber darf ich diese Frage stellen, wenn ich nicht bereit war, alles zu geben und nichts als Schmerz und Gemeinheit hinterlassen habe?" Würdevoll Königin, dem Thron entsagend, bezauberte Liebreiz, ließen Mut und tiefe

Überzeugung strahlen. „Der Tod steht vor der Tür? Pronus trachtet vergebens danach! Leben will ich, nicht am seidenen Faden in seinem Puppentheater hängen und fürchten, dass er bricht."

Der ruhigen Oberfläche Worte ertrugen, schlugen gefällig Streben nieder, eine Quelle nahm von der einbrechenden Erde, warf wieder aus, sprudelte enthemmt, hörte nicht auf zu fließen.

„Ob das Leben noch geben wird? Hatte, wollte geblieben, nichts verweilt, wohin, weiß ich nicht, aber um alles hier, darum werde ich kämpfen, weitermachen gegen das Schlechte und Böse, obwohl das alles nicht zu verstehen ist", setzte Ordan bescheiden ehrlich hinzu. „Habe ans Ende gesehen, in Wirklichkeit war und ist es anders, will ich hoffen; auch wenn ich gehen muss, aber hier und jetzt aufgeben? Lieber kämpfen und sterben!", stand die Entscheidung fest, frei, nur der Liebsten Untertan und dem geteilten Leid der Menschen. „Nicht ablehnen, das Gutes verspricht, vermessen oder zu stolz sein, wer weiß, wie oft noch eines begegnet", bedingungslos zu Agaton, der den Stab nimmt und Pronus tötet.

„Das kann nicht jeder", fast gelangweilt hochmütig, verwehrte Zuspruch, Hingabe täuschte und doch erfassten gerade Agaton gierig Verlangen und Flucht, werden den Sieg nehmen.

„Hör auf, dich zu strafen, die Schuld liegt bei uns allen", dachte Ordan Fehler und Versagen verantwortlich für das abweisende Gehabe.

„Du, ich, die toten Väter, wer sind wir, die uns antun, wer die helfen? Muss ich büßen dafür? Feigheit quält."

„Gib dir keinen Grund. Beweis das Gegenteil."

„Ihr wartet auf den Retter? Wer soll das sein?", sich retten, verlor sich Mut von damals, noch der Macht des Stabes gewiss, führend, bestimmend Überleben, gegen Pronus kein Behaupten.

„Der Seher hat dich geschickt und du willst nur zusehen, wie Pronus uns alle tötet?" Ordan zügelte sich nicht, zurückgeben, fordern.

„Ordan, was fällt dir ein! Agaton gehört zu uns und wird helfen."

„Der Vater hatte Mut, zu kämpfen. Ich weiß nicht, ob ich es kann", schwach bei der Übermacht, der Agaton sich stelle, in still verweigerter Verantwortung gefiel. Im Sturm an ein offenes Tor, umrankt von wilden Rosen, zum Greifen nah der Stab. Angriff, schnell, voller Kraft, Agaton prallte ab, eine unsichtbare Wand, im Schein der Spiegelung war der Stab verschwunden. Widersprüchlich, erst so klar, der Durchgang verweigert. Kein Schlüssel für kein Schloss an einem Tor, das es auch nicht gab, erdacht, geschaffen auf einem offenen, undurchlässigen Weg, der nirgends hinführte, überall und immer, prügelte Furcht, verwegen, getrieben weiter, peinigten zerborsten Spiegelsplitter, die unerfüllte Aufgabe, so seicht, blutete beklemmend, versank im nichtigen Streben. Wohin, warum, Wege zersetzten, Keile Tod erstechen.

„Die Zeit beim Seher nützt bestimmt noch." Hemma sah liebevoll an, schenkte Kraft, auch wenn sie Ordans Geliebte war, Agaton fühlte sich zärtlich verbunden.

„Du hast Recht, auch mein Vater wurde ermordet. Ob Kalmyra oder Pronus, beide bringen Unheil und Tod."

„Es tut mir leid! Ordan, noch mehr werden sterben", traurig gewiss, während unbezähmbar das Feuer des Stabes in Agatons Augen flackerte, tief erschrocken wichen Ordan und Hemma zurück.

„Wir müssen mit den Verbündeten über den Angriff beraten, haben noch Zeit, ein Versteck."

„Nein, haben wir nicht", unterbrach Hemma, die trotz flammender Kälte dem liebevollen, guten Agaton vertraute, den sie kannte, der er war und erzählte von der Karte. „Niemand ist sicher, und wenn erst jemand für Pronus blutet, der etwas weiß!"

Schritt um Schritt Kampf, fand die Denunziationsmaschine neue Opfer, und doch oft nutzlos, die wahre Antwort eine Lüge, Liebe und Hass meist nah beieinander, es erhärtete die Absicht, den Stab im Namen der einen Wahrheit gegen die Menschen in Keinerland zu richten. Die Verschwörer zeigen sich, werden die Vorhaben begraben; mit der Karte verloren die Freiheit der Gedanken, letzte Möglichkeit der Flucht.

Verfolgung ohne Moral und Menschlichkeit, bedrückend das Ausmaß der gegnerischen Waffe, wieviel Wahrheit würde Pronus ertragen, ballte Agaton die Hand zur Faust, Ordan nahm vorsichtig Abstand vom Licht der Lampe. Die Karte zwang zu dem, dem man andernfalls vermochte, erhellend zu begegnen, die Erfassung fegte letzte Illusion von der eigenen

Welt und Entkommen weg. Die verfluchte Blutkarte knickte den Willen, der Menschenkitt, immer, überall bestimmbar, glättete Pronus Herrschaftsrisse. Des Weges und seiner Geschichte, laufend neu geschrieben, beraubt der Mensch, zu einfacher Information verkommen und krönender Abschluss des Herrschaftsapparats.

„Die Macht zwingt, wahr zu sein, was sie ist, weiß, was ich bin und nicht bin und ich kann nicht entrinnen." Ordan holten die Erlebnisse ein.

Die Blutkarte brannte ein Schandmal in den Menschen, der weitgehend unbeschadet zu überstehen, man nicht geworden war. Die Macht führte vor, geständig kein Vergehen, aber im Unrecht zu beichten, einem Recht zu huldigen, das man schuldig noch verletzte und das verständnislose Gewissen vollzog, sprach Urteil, machte mit der Unmenge an Beweisen zum Verbrecher. Jede Tat und Beziehung, jedes Wissen und Denken hatte fürchterliche Folgen, es nahm dem Volk und gab Pronus Kraft, der Stab gehorchte und noch dazu veranlasste Säbelrasseln, Grenzen sicher zu bewachen. Misstrauisch gegen Keinerland, nicht Pronus Zorn aufbringen, das Heer einfallen lassen in unversehrte Lande.

Es genügte nicht, fügen, die Lust befriedigt, gefallen, Verherrlichung und Huldigung, Willkür gebärend, Wahrheit vertrocknete, zu Tode gehungert; erdrückend die Lage, „warum den Befehlen folgen, die Menschen verraten Brüder und Schwestern!", erbat Hemma Verständnis, Ausweg aus der Verlorenheit.

„Unterworfen hält in Ketten, sich retten, hoffen sie und die sie lieben", und Pronus sperrte ein, vollstreckte, erneuerte die Macht.

Sünde im Blutrausch, einst voller Lust hingegeben, verdarb und faulte, der Tat Irrsinn fehlte einsichtig, Pronus unterband, dem Fehler und der Lüge zu entkommen. Kein Verzeihen. Gerade noch kämpferisch, zermürbte, gebot Agaton Freisein vom eigenen Kampf, verdrängt lauerte die feige Hingabe dem Verfolger.

„Hungrige Kinder einer gefräßigen Bestie!" Die Gefangennahme, ruchlose Inszenierung eines Rituals, mit der Bestrafung Angeklagter beschritt Pronus den Zenit und feierte seine Macht. Ordans Ansehen und Beliebtheit mit seinem Tod nicht verständnislos Unmut des Volkes hervorzurufen, zeigte Pronus großmütig Nachsicht. Des Verrats und Mordes an Philodemos freigesprochen, stellte Pronus hin als neidgetrieben, billigen Versuch eines Rates und Diebes, nur mit einer Lederhülle fähig, einer Idee verfallen, verrückt genug, den Stab an falsche Herren zu übergeben, mit der Absicht den König des Juwels der neuen Kraft zu berauben, lebenslang bestraft mit Kerker.

„Dieser Dieb aus dem Kreis der Räte begehrt, was König und Volk gehören."

„Gebt uns, was Ordan gehört!"

„Stehlt doch seine Kleider!", warf Pronus zerfetzte Teile unter Beifallrufen zu.

Ordan traten Tränen in die Augen, das boshafte Strahlen Pronus zu ertragen, zerrissen die Schreie das Herz. Seinen Tod forderte die Menge und das Bild des

Vaters erschien, ermordet vom Barbaren, an die Gier und Maßlosigkeit verfüttert. Ordan willigte geschlagen ein, im Hass der Menschen zu ertrinken.

„Hängen?" „Hängt ihn!", hallte es zurück. Pronus ergötzte sich am Gejohle, es streichelte die Eigenliebe und den Stolz. Beinahe liebkosend, aber heftig in der Wucht schnalzte er Ordan gegen die Wange. Die Menge tobte. „Dieser freche Dieb hat den Feuerstab nicht zurückgebracht, ich musste ihn selber holen. Jetzt ist er hier, weil ich euer König bin!"

„Lang lebe Pronus!", begleitete den Stab in der Luft, ein Blitz krachte in den Himmel, Zufriedenheit durchströmte und Glück, nahm manchen letzte Hoffnung, Ringen um Einwand und Zweifel.

„Der Feuerstab gehört, bleibt bei uns und was ist, ist gut. Der Rätekreis ist eine Gefahr für unsere Zukunft. Die Feinde unserer Welt, die Feinde der Freiheit haben versucht, hinterhältig alles an sich zu reißen, aber mein Volk ist stark und einig. Wir haben die feindseligen Absichten vereitelt! Jeder existiert um des Ganzen willen. Freiheit, Freiheit fern von Verantwortung! Den Feuerstab, unsere Gemeinschaft schützen müssen wir, uns behaupten gegen die Gegner. Ich zeige den Weg! Keiner ohne Führer! Ich bin euer König!"

„Pronus, Pronus", skandierte die Menge, Ordan wurde abgeführt. Tage dauerte es, ehe er zu sich kam, in der Enge bloßgestellt längst Teil des Lebens, dem Licht entwöhnt, als der Schlag, die Forderung der Mitmenschen wieder ans Ohr hallte und er abschwor, jemals wieder einem dieser widerwärtigen Wesen in welcher Weise auch immer zu helfen.

„Pronus, dieser verdammte Bastard!"

„Der Hauptmann hat schlimmer zugesetzt", half Hemma nach und Ordan erzählte vom Tag der Befreiung, da er dachte, zu sterben. Die Männer beschimpften, schleiften grob an den Zellen vorbei, drohend das Ereignis seines Todes. Hinrichtung in verstörender Verzweiflung, Ordan begegneten in den Zellen ein Mann mit Pferdegesicht, Herden gefangen, eine Horde Schafe, dicht zusammengedrängt, ein Stier rammte unaufhörlich den Schädel in die Mauer, Schweine grunzten, ein Elefantenkopf am Gitter, die Elfenbeinhauer zerbrochen daneben, Tränenflimmern über traurigen Augen. Kühe, ungemolken, schrien im Schmerz über pralle Euter, ein Wolf irrelaufend im Käfig, ein Löwenkopf wahnsinnig, besessen vom nächsten Stück Fleisch. Mit jeder Zelle weiter Entsetzen, das Hirn zu zersprengen. Die Männer stülpten einen Stoffsack über, steckten in einen Gefangenentransport, der Wagen hielt am Tor. „Euch habe ich hier noch nie gesehen", der Soldat entdeckte Unstimmigkeiten in den Papieren.

„Zu lange an der Grenze, Junge, lausiges Verräterpack fangen!"

Der Hauptmann trat heran. „Was hält ihr die Fuhren auf?"

„Befehl des Königs. Wir bringen den Dieb des Feuerstabes zum Galgenacker, er wird noch heute gehängt."

„Davon weiß ich nichts."

„Eine Laune, der man folgt", erheiterte, händigte dem Hauptmann die Papiere aus.

„Wollt es nicht glauben, überzeugt euch, die Gelegenheit kommt nie wieder."

Das ließ er sich nicht noch mal sagen und genugtuend, wirklich Ordan, ohrfeigte, bespuckte der Hauptmann und schrie: „Verschissener Hurensohn, jetzt bist du dran. Nur zu schade, dass ich es nicht selbst machen kann, wie bei deinem alten Herrn."

„Verflucht, ich töte dich!"

„Du? Du bist schon tot, baumelst bald vom Baum!", drohten Axt und Messer in seiner Ordnung, stark wie Pronus mit dem Stab. Ordan riss an der Kette, Lachsalven Schwertstreiche, tobte wahnsinnig, festbinden und erdrosseln, hängen, vorher missbrauchen würden sie, martern, die Kehle durchschneiden. „Nie ergeben!", schrie er im Todeskampf gegen den Feind, aufbrandende Welle, ausgeliefertes Stück Fleisch. Raubtiere an einem Tisch mit Beute. Im Ausbruch erregt, verlor der Hauptmann die Beherrschung, trat härter zu, „deinen hübschen Kopf reißt man ab und die Vögel fressen deinen Kadaver."

„Hör auf. Wir müssen weiter", drängte der andere Rebell, „und er soll hängen, lautet der Befehl, nicht zu Tode prügeln, verstanden!"

„Ja. Hängen. Und jetzt verschwindet!" Der Hauptmann wischte den Schweiß von der Stirn und kehrte in den Wachposten zurück.

Erinnerungen schüttelten, als ertrage Ordan abermals die Schläge, Hemma umarmte den zitternden Kämpfer, Agaton nach kurzem Zögern beide.

Aus der Schenke bestimmte das Gefühl, gemeinsam Pronus zu besiegen. Hemma in der Mitte, hielten zwei Wächter an. Ein kurzer, verständiger Blick, explosiv ein Tritt ans Knie, Treffer an die Brust und ins Gesicht, der andere wurde von Agaton mit schnellen Fäusten und einem heftigen Schwinger ans Ohr niedergestreckt. Die Wächter lagen bewusstlos am Boden. Kampf um Leben und Freiheit wie weit entfernt der Stadt an den Grenzen, wo unter der Führung von Thrakoms Männern ein Posten nach dem anderen in Flammen aufging. Zustimmung für die Rebellen eroberte und die Zahl der Anhänger stieg. Soldaten wurden abgezogen aus Gefängnissen, Kasernen und Lagern, Pronus Verbände bedeutend schwächer, dünner seine Macht.

„Am Tor kein Einlass!" Agaton in Selbstzweifel entmutigt, verhöhnte das Spiegelbild, anzulaufen und abzuprallen, Begehren und die Bemühungen. Ein weiterer Versuch des Gegenübers scheiterte, stolz heran, forderte aufgeblasen die Stirn erhoben. Agaton erschrak, aus dem frechen Grinsen Pronus Antlitz, nichts an Furcht eingebüßt, des Sieges gewiss kein Verlust an Achtung. Auf in den Kampf! den Freunden hochherzig geschworen, verleugnet, verzweifelt Erlösung, flehte Agaton nach der Macht, einer Eingebung, Überzeugung, damit Versagen und Zugrundegehen nicht sinnlos im Treiben ohne Ziel und Bedeutung, die

Anstrengung, das Aufgeben, während das Spiegelgegenüber mit obszönen Gesten begann, gehörig den Magen zu verdrehen.

Ohne Verpflichtung lebendig naschen, nichts vollbringen oder ernten, stumpf teilhaben in der Obhut des Tyrannen, verstehen lernen, vergeblich und auch dass selbst des Vorgangs Beherrschung nicht aus der Quelle Vergebung spendete, Befriedigung und Frieden.

Das Gute, möglich, zu erkennen?

Pronus Paradies, im Glauben an den Stab der Zauber der übermächtigen Verheißung; derb fordernd böse Zeiten, aber ankämpfen satt, das beharrliche Bestreben, fort mit der Last; schöne Momente, karg gestreut am Weg, hemmungslos und ohne Unterlass genießen, annehmen die fürchterliche Frohbotschaft, gefällig unter Pronus Herrschaft. Den Stab in der Hand Agaton hätte das Tor zerstört, unbegreiflich Neid einem warmen, sicheren Bett, behütet in der Ordnung ein Zuhause, Neid auf die junge Liebe der Freunde. Herrschen oder sterben, schwach, getrieben, Agaton bestand nicht. Hässlich Verlangen dem Unausweichlichen den Grund zu geben oder göttlichen Glaubens an das Bessere im Guten. Untreue, der Verrat an das größere Erleben, viel einfacher, reute im Hass.

Bildergewitter im Spiegeltor, Agaton auf allen möglichen Wegen. Glücklich in Ehe, mit Kindern, armselig verloren, reich, strebend, in Pronus Armen dienen, fleißig verdorben und vertrunken, gesetzlos verachtend, lieblos durch das Leben gehen. Verändern, ändernd Tor und Tod, dem Hoffen ergeben,

dass jede helle und dunkle Leidenschaft nicht nur zerrieben hat, ein Leuchten fortführt in andere Gezeiten
Sehen der Gewalten ewig Spiel.

Des Lebens Zauber das Spiel, an dem die Götter
sich erfreuten.

Ende des Erfahrens! Belanglos ausgelöscht.

Für alle Zeiten existent erlaubte aufbrechend der
Moment, in die Welt zu bringen, erfasste begehrend,
hallte zurück an den eigenen Grenzen, die lieb und
teuer, darin betrafen und was Agaton mit dem Feuerstab vollbrachte schwer gleichgültig, begeisterte
schon der nächste Augenblick wieder Begegnen mit
der Macht. Annehmen die grell grausame Offenbarung entwickelte die Möglichkeit.

Ordan und Hemma stritten um das richtige Vorgehen über Plänen des Palasts und der Stadt. „Nach was
suchen? Wir stellen uns in Fässern Pronus zu."

„Es gibt strenge Kontrollen für Lieferungen in den
Palast und Weinfässer ohne Wein sind durchaus verdächtig und sicher nicht nach Pronus Geschmack."

„Die Wachen wurden verstärkt seit deiner Flucht.
Hast Eindruck hinterlassen!"

Die Tore überzählig mit Truppen besetzt bei Reser-
ven und die Mauern unmöglich zu überwinden,
durch den Stab geschützt, entgegnete Hemma, blieb
keine Zeit für aussichtslose Überlegungen und das
Osttor, der Zutritt für die Versorgung des Palasts, Bedienstete und Angehörige des Hofes, schied aus wie
über den Fluss oder vom See einzudringen. Mauerbö-
gen am Fluss mit Gittern, der Kontrollturm am See,

Tag und Nacht besetzt, überall ankerten und patrouillierten Boote und ringsum Soldaten auf Posten.

„Wir gehen durch das Haupttor, Pilger huldigen Pronus, ihm zu Ehren in die Stadt."

Wie Agaton dachte, durchzukommen, rätselte Hemma, „davor wartet die Zeltstadt dieser Schurken", Ordan, unbeherrscht, lachte. „Auf wen treffen wir denn dort?" Hemma sah strafend an.

Ergeben Lust und Tod, giftig blubberte an der Oberfläche der Verdorbenheit auf der Lauer, goldgierig, abgefeimte Gerissene warteten auf Beute, Seelenlose, Körperhüllen. Die nach Umkehrung der Verhältnisse auf Übernahme der Häuser, Schätze, Menschen hofften und dessen nicht genug, verhinderte Pronus Macht mit dem Stab in sich widersprechend einer Lüge den Gang durchs Tor.

„Gebt gut acht, findet einen Weg in den Palast. Beeilt euch, sie werden die Tore schließen. Und jetzt müsst ihr los. Der Seher, letzte Nacht im Traum oder wirklich", Hemma unterbrach abwesend, fuhr entschieden fort, „wir dürfen nicht auf Nachricht unserer Verbündeten warten, ich muss euch zu ihm schicken."

„Was willst du? Von glücklichen Tagen träumte, ich habe noch keine gesehen. Und dich beschützt, wenn ich nicht da bin?"

„Die Zeit drängt!"

„Sag, was du weißt!", rief Agaton.

„Angriff im Morgengrauen nach Vollmond. Den Entschluss der Befehlshaber teilt mein Vater noch mit."

„Pronus erfährt davon!"

„Der Angriff findet unter allen Umständen statt, ich wusste nur nicht wann."

„Du weihst ein in geheime Pläne?!"

„Ich wollte es erzählen, aber da warst du nicht da."

„Ich habe Agaton gefunden, während du dich leichtsinnig der Gefahr auf dem Markt ausgesetzt hast! Daran glauben? Woher weißt du, es trifft zu? Warum dem Traum vertrauen? Sag schon!"

„Schon gut." Agaton schritt dazwischen. „Wir gehen, aber vorher muss ich zu den Menschen sprechen."

„Damit man uns gleich abführt!"

„Droht Gefahr, verschwinden wir."

Die Hoffnung, dass nichts umsonst und nicht allein, den Willen zum Widerstand entfachen, es noch möglich war, Güte und Gnade, Menschen über den Stab erhob, ohne die Hilfe blieb jede Anstrengung vergebens, eine Idee, ein Ausweg musste die Angst nehmen, aus der Schockstarre befreien.

„Worte helfen?"

„Unruhe stiften, hat der Seher geraten. Wir rütteln an ihnen, vielleicht wachen sie auf."

„Das nennst du Befreiungsschlag?"

„Macht euch bereit. Um diese Zeit habe ich noch nie Soldaten auf dem Markt gesehen."

„Was wirst du machen?"

„Jede Nacht träumen von dir."

„Lass das! Ich weiß, du hast Angst."

„Ich hatte doch alles. Niemals mehr wie es war."

„Es kann ein Glück werden!", rief Ordan.

„Ich glaube dir, Liebster und auch dem Schmerz, der droht. Seid vorsichtig", sie küsste sachte, sanft Abschied. „Ich habe keine Angst mehr und warte auf dich!", wusste Hemma doch aus tiefem Glauben, Ordan wiederzusehen, umarmte Agaton. „Achte auf dich und Ordan. Befrei dich von Pronus, rette unsere Welt!"

„Such keinen Streit, geh am besten einfach nicht vor die Tür!", belehrte Ordan, erneut dem Vertrauen in die Macht und dem Wissen anderer ausgesetzt.

Hemma öffnete das Tor. Simon davor, gerade im Begriff dazu, hätte mit dem Anblick in aller Welt nicht gerechnet und brachte erst kein Wort heraus. „Ich wollte, aber jetzt", wusste nicht recht, wen anstarren, der Kopf drehte in Zahnrädern, die abwechselnd ineinander rasten. „Ist das etwa?", er betrachtete Ordan, musterte Agaton von oben bis unten. „Und du bist doch!"

„Agaton wird uns und Keinerland retten, keine weiteren Fragen, verstanden!"

„Natürlich, warum auch fragen", fügte sich Simon verständig und folgte.

Auf dem Markt sprang Agaton auf einen der Tische. „Greift zu, Leute! Das Feuer am Herd wärmt und doch friert euch! Macht euch ruhig Sorgen! Der Hunger wird schlimmer und nicht enden. Aber wenn Pronus euch holt, wünscht ihr, ihr wärt am Hunger gestorben."

Schüchternes Murmeln begleitete manch eines Begehren, dem Höhnenden mit Fäusten zu antworten, da eine Menschenmenge versammelte, den dreist lebensmüden Mann anzuhören.

„Einfache Leute seid ihr, keine Herrscher."

„Und du bist ein besonders Schlauer!"

„Agaton, das bin ich, Philodemos Sohn, und zurück, um den Feuerstab zu holen."

„Den hat Pronus, schon vergessen?"

„Nein", sprach Agaton unbeirrt weiter, „keine Herrscher, dennoch fähig, zu erkennen, was Pronus Herrschaft gebracht hat. Ist es anderes als Unglück und Not? Nichts als Leid über Keinerland mit dem König!"

Staunend leise, gerieten, der mit Tod bestraften Worte, die Leute rastlos, stiegen unruhig am Stand vor der Flucht.

„Auch ich fürchte Pronus. Aber es hat ein Ende! Das Wegsperren und Morden! Nicht weiter Furcht! Aus dem Gefühl, was Recht ist, wollen wir aus dem Fehler lernen. Wir haben Pronus zu leichtfertig Glauben geschenkt. Leben wollen wir! Es ist nicht zu spät, den anderen zu achten", schrie Agaton in die ergriffene Menge, die weiter anschwoll. „Es ist noch nicht zu spät, Diktatur und Sklaverei entgegen zu treten! Kämpft gegen das Unrecht, zu viele Leben unserer Brüder und Schwestern hat es gekostet."

„Kämpf, wenn du willst!", schnauzte der Mann, einige nickten. „Aber wir brauchen hier keinen Aufhetzer, ein Volksaufwiegler bist du, störst unseren Frieden!"

„Ruhe und Frieden begleiten euer Leben? Nein! Angst und Verstummen verfolgen bis in den Schlaf!"

„Mach weiter, bald holen sie dich!"

„Dafür hast du bisher gut gesorgt!", fuhr ein Mann hoch. „Erzähl von Annehmlichkeiten, Lebensmittelkarten und Gefallen, die du bekommst, lieferst die eigenen Leute aus, dreckiger Verräter!"

Blicke verstohlen zu Boden, mächtig Pronus Werkzeug, unterwerfen eingeübt, Verhalten, kriechen vor der Hand, die nahm. Neugierig oder ängstlich, beschäftigt unterwegs, demütig, zu forsch, nichts bewahrte, aus unerklärlichen Gründen, später blutig belegt, abgeführt zu werden.

Anrückende Soldaten, Hemma pfiff und Agaton brüllte so laut er konnte: „Die Zeit naht, blutet für die Karte!" Es leerte ein Grauen über die Menschen. Die Angst vor der Karte überspannte, entlud sich. „Keine Blutkarte! Nieder mit Pronus! Tod dem König!", sprengte ein junger Mann die Kette. Erst wie aus Versehen unabsichtlich gerempelt, entfesselte im Tumult ein Sturm der Gegenwehr. Die Soldaten fielen, versanken in der Menschenmasse, die über sie schwappte und zerfloss. Wie die Katastrophe verhindern, abscheulich eigenes Bild, den Sklavenspiegel von Pronus Macht, die Blutkarte abwenden, die immerzu aus einer offenen Wunde bluten ließ.

Über eine steile Steintreppe in den Wald und die Berge, Hunde in der Ferne, Soldaten bereits auf den Fersen. Eine Feuersbrunst, die Stadt in Flammen, erfasste Unglück, Agaton, immer schwächer, fiel. „Flieh weiter, Ordan! Sie sind nah. Scharfe Messer in den Kiefern, uns zu töten." „Dann lassen wir sie uns nicht kriegen!", unterfasste Ordan, „komm hoch!", trieb er an, „zur Hängebrücke ist es nicht mehr weit, sind wir erst mal drüben, kappe ich die Seile. Beeil dich!"

Bereits auf der Brücke über die Schlucht die Köter im Nacken, setzte einer an zum Sprung. „Zurück!", befahl Agaton, plötzlich durchdrungen von Rufen seiner Macht, die Meute duckte, rollte zahm den Schwanz ein und kehrte um. Pferde auf dem Pfad, überwanden Soldaten den Anstieg, auf der Brücke Schwerter gegen den Himmel erwarteten Blut und Tod vom verhassten Feind, aber wogend in einer Welle schwang die Brücke mit Agaton und nun ahnten die Soldaten, einer kehrte um, die anderen Pronus Zauber, dem Blutbanner der Macht ergeben.

Agaton lief, blutete im Gefecht, stürzte in die Schlucht, drehte aus dem Lauf der Zeit immer schneller mit, sah den Tod der Soldaten, sich immer schon an deren Seite in den Kampf ziehen, die Kraft verließ.

„Nicht weiter!", die Männer hörten nicht. Agaton erreichte die andere Seite, mächtig, schwere Massen drückten nieder, vorher noch flog er über die Bretter und die Seile rissen nicht.

Vernichtung, an der Mordlust der Soldaten untergehen, lief Gerede unter den Leuten heiß, tote Soldaten in der Stadt und auch die hinterher den beiden tot in der Schlucht; leer, kein Laut, trat Licht in die Welt, erfüllte, durchflutet, nicht der Sinne zu erfassen doch mit allen erfahren, strömte es weich und warm, heftig und immer wilder durch Agaton, ein Dröhnen ließ erbeben, unter großer Last hob er die Hand, schoss kurz und schnell nieder, die Seile zupften auseinander, zerhackte Bretter, feine Holzteilchen flockten durch die

Luft, zerschmetterte Körper lagen zwischen den Felsen am Boden.

„Wie hast du das geschafft?"

Aber warum mit ihm die Macht des Stabes und auch so plötzlich wieder erlosch, wusste Agaton nicht. Ordan schwieg, trollte des Erfolges übermütig voran.

Die Höhle des Sehers verlassen, matt und ausgelaugt, raubte die Zuversicht.

„Den Abend bei den Brüdern, davon hat er oft gesprochen."

„Jetzt, wo wir seine Hilfe brauchen? Es ist auch seine Welt, die zerbricht!", verklang ohne Antwort, tief enttäuscht übermannte.

„Hier sieh, eine Nachricht!", unförmig gekritzelt: Ruht, seid stark! Lass den Bären fressen.

„Darauf wären wir nicht gekommen!", hielt Ordan Erstaunen zurück. „Den Bären?", und musste den Worten unbedingt einen geheimen Plan abringen, von Hemma gestutzt, die recht behielt. „Was machst du?" Agaton unterbrach bei wichtigem Überlegen, nahm eine Fackel, eine Schüssel Früchte mit Honig.

„Ich füttere den Bären."

In sicherem Abstand ein enormer Körper, Schatten an der Felswand schienen anzugreifen, bewegt von einer ungeheuren Bestie, gleichgültig im Töten, während der Bär aus dem Schlaf rekelte und die süßen Happen verschlang. Die riesige Pratze tippte noch an der Schale, wendete, ob nicht etwa noch wo von der Köstlichkeit versteckt war.

„Du kannst ihn besiegen."

„In seinem Palast vergnügen, wünschte ich."

„Dem Bösen dienen?"

„Bist nicht du der, der allem abgeschworen hat?"

„Das hat sich geändert!"

„Wie für mich!", schrie Agaton, ernüchtert, die Macht bei Pronus, von einer Kraft letztlich bezwungen, die aufnehmen, auslöschen wird; dem Vergehen entrinnen, hallte wider, unruhig in der Höhle auf und ab. Ordan hielt fest, zu beruhigen, Agaton abließe vom aufgebrachten Hetzen, lief Geistern, sich selbst davon, sehend, blind suchend, flüchtete verrückt.

„Alles ist doch vergeblich letztendlich, nichts von Bedeutung oder Bestand."

„Das Leben ist voller Rätsel, doch wenn es stimmt, was Hemma sagt, etwas bleibt, ein Funke brennt in uns aus einem ewigen Feuer, über den Wegen leuchtet und uns führt. Du hast diese Kraft und zweifelst? Was ist es bloß, was du suchst, nicht findest?"

„Ein Sinn gerade eben, der einnimmt, mitnimmt, dem ich nicht entgehen kann, mit und in mir, bis ich vergehe."

„Was für ein Träumer, suchst, was du gefunden hast. Einen Platz unter Menschen, die dich lieben."

Selbstgefälliges Verstehen widerte an, zu erfüllen leid, hasste Agaton nichts mehr als den verfluchten Platz, an den das Leben geworfen hatte. „Du glaubst, ein angefaultes Stück Obst erfreut?"

„Was ist? Brauchst uns nicht? Kriech doch zu Pronus in den Palast. Ein Feigling bist du!", platzte Ordan heraus, aber reute die Anschuldigung bereits. „Agaton, du suchst und bist bestimmt für Großes, fordere Pronus, hilf den Menschen!"

„Ich bin die Menschen leid. Noch und wieder hätte Pronus die Eltern töten können. Du weißt, wovon ich spreche. Kennst den Schmerz, von allen verlassen; warum helfen? Du hast nicht nur deinen Wunsch nach Rache vergessen!"

„Nichts habe ich vergessen! Und du? Der Verantwortung entziehen, erlöschende Leidenschaft, die Leere im Verlust durch die nächste füllen. Halte lieber an deinem Besonderen fest, dem Besseren."

Unvermutet Ordans Worte trafen, denen des Sehers gleich. „Ich fürchte die Versuchung und das Scheitern", seufzte Agaton, „aber wie gegen Pronus bestehen, nichts übrig für die Menschen kann ich nicht Gutes tun", unschuldig, heuchelnd hinterher; die Macht des Stabes zerstörte, wenn beherrschende Leidenschaften mäßigen nicht gelang, besessen gefesselt an die Illusion einer Erfüllung.

„Du kannst den Stab führen! Die Menschen haben gelitten, wussten es nicht besser, hörst du, wollten glauben und haben für die Zukunft gelernt oder willst du weiter bluten lassen?"

Insgeheim erschüttert über den Sinneswandel setzte Ordan weiter Überzeugung und alle Hoffnung in Agaton, würde, der Stärke und Macht sicher, den Freund nicht in den Tod schicken, auch sich vor einem halsbrecherischen Fehler bewahren, aber sie konnten Pronus besiegen, entwand Agaton zustimmend Gedanken, die Klage erhoben, der Seher hatte gewarnt; aber brachte nicht ein Ehrgefühl dem Vater und Thymos den Tod? Was zählten Mut, Stärke, Gnade, Güte und doch stolz als Agaton, nicht als Pronus Sklave seine Zeit beenden. Was tun, es aufzunehmen mit Pronus vermochte Agaton nicht, sträubte sich, aber verlangte, gleichförmig, restlos einzugehen in die unbeugsame Herrschaft, statt im Kampf zu sterben, verantwortungsfrei dem Willen überlassen, würde wahr, lebendig werden; die selbstzerstörerische Hoffnung spülte die Lüge fort. Pronus erschien, wird erschlagen. Agaton entkommt nicht.

„Eines verrate ich dir", durchbrach Ordan das Schweigen, „nichts als Unzufriedenheit hat den Dämon gerufen."

Agaton nickte abwesend, fühlte die Macht aus dem Palast überlagern, der überwältigenden Stärke nichts zu widersetzen.

„Den Wunsch der Menschen nach Einschränkung verstehe ich nicht. Verzichten auf Gründe und Wege, ihre Freiheit, sie sich aufzwingen lassen, stört nicht."

„Wer will schon den schweren Weg, berührt, den anderen darauf zu sehen?" Agaton, nicht nach Worten, sprach dennoch weiter. „Die Menschen brauchen jemand, der anerkennt, festhält, einverstanden mit dem ist, der sie sind."

„Einen Freund! Ich bin dein Freund, du weißt?"

„Ich denke schon", Agaton lächelte, „nein, ich bin sicher, du kannst einer sein."

Behaglich und warm brannte das Feuer nieder. Im Traum der Zukunft Fluch beendete die Ruhe, holte aus der kargen Verlassenheit des abtrünnig ausgestoßenen Verlierers. Wie Ordan vorgeführt, sperrt Pronus nicht ein. Menschen befielen, übereinander in Lust Körperfallen, rannten blutend durcheinander.

Kälte kroch heran, verheerend fraß in das Antlitz der Menschen Dunkelheit und Tod.

Die Welt gab vor, zu sein, Leben, ein einzig feierliches Verheißen, überzog Fäulnis. Begegnungen eben noch streichelnd farbenfroh, zeigten, alles zurechtgelogen, Demut sprach arglistig Tod, verwunschen. Kalmyra vertraute niemand, seit Ordans Entkommen entgleist, dachte nicht, wenn sie dachte, eingegeben höherer Macht, die zu Pronus gehörte und zerbrach, riss auseinander.

Gehorsam, Befehle, Greul, die Verbrechen nicht ihre Tat.

Du wirst vernichtet, Kalmyra, bist deine Strafe.

Hör auf!

Nichts hören, sehen, nichts mehr schmecken. Blut, Schreie, Gräber. „Lauf weg, mein Kind, das Leben ist nicht zu ertragen!", blutete die Wunde, Schnitte tief in die Haut.

Kalmyra bringt Schmerz und Tod.

„Das Monster ist Pronus! Verschwinde böser Dämon!"

In den Gemächern Missklang, marterte missbraucht, das Bild einer Wand deutete Erlösung an, schwerelos entlastet. Zusammenkünften fern, betäubt, fremde Frau floh vor Pronus treuer Gehilfin, schändliche Verfolgerin, die sie nicht war, zerfiel unter der Wucht der Anklagen.

Derb Hass gegen Pronus Gespielinnen half entkommen und doch entpuppte Kalmyra als entbehrlich, logen die Gedanken; er findet zurück, Sieg, Tod

126

der Feinde vollbringt und wie aus Erzählungen und Heldenliedern sehnte der Held nach der Königin.

Ab in die Kammer, er glaubt den Empfindlichkeiten nicht. Stunden elend warten, schnell, versteck dich, das verworrene ich, niemals mehr; gehöre immer Pronus, bin es, unterschreibe Todeslisten.

Und er wartet; vorbei was ich getan. Leben wollte ich, es tut mir leid.

Hör auf, lass! Nicht!

In den Träumen verfolgte, zu erdulden; holen juckte Pronus.

Schrei nicht! Du hast hier nichts zu sagen.

Bei den Toten kein Laut mehr durch die Nacht.

Du bist doch, die nach dem Leben greift!

Sie folgte ihrem Retter, Führer, König; er war gekommen, die Frucht zu töten. Versprechen. Nimm, was du willst!

Dieses Mal töte ich dich!

Wer bin ich? Kalmyra? Erschreckend Abschaum mit Blut an den Händen und gefangen.

Lautes Lachen, dem Schmerz und der Angst entkommen, bereitwillig trotzend wilde Blüten einer Zuneigung, die es nicht gab. Nicht eigenes Vergnügen, verrucht widerte an, abstoßend tierische Gebärden. Pronus nahm sich und verließ, übergangen verletzte der missbrauchte Körper.

Unbedeutend Leid und Menschen, weiter im Sog der Laster, fürs Holz sorgen, hungrig lodern muss das Feuer. Der Thron, der Stab der Macht, ein Salon mit Gästen, in der Mitte, glänzend, gesellschaftlichen Lebens, gemieden, verscheuchte das Übermaß der Klagen aus dem Volk. Ihr Weinen nahm Kalmyra wahr, kein Band zu lösen.

Nichts wird retten! Du trägst Schuld am Unglück und Verbrechen. Nimm dich fort, Mörderin!

Kalmyra stürzte in den Saal, damit der Feuerstab zerfetze, Forderungen erlöschen, die unaufhörlich hämmerten im Schädel.

„Ich habe all die Menschen nicht getötet!"

Bist des Teufels Dirne, verfütterst an den Dämon.

Schmerzlich Widersetzen ohrfeigte für Unsinn, für den Frevel, zitternd Zirtes Schreien, das das eigene war. „Ins Feuer und brennen!", den Morden, der abartigen Dienerin entkommen, schwarzer Grund, die Fessel zupfte, willenlos zappelte der Körper.

Teil einer unerhörten Verschwörung erleuchtete eine Eingebung falsch, die Wahrheit lag umgekehrt, dem Denken fremd, lange Vertrautes durch und durch verlogen und niemand ohne heimtückischen Plan, die Hure würde alles erzählen, jeder Schwur wertlos, Kalmyra nützlich für den Aufstieg, zu dem Pronus verhelfe. Sirena wusste um des Königs Lust und Laster, schoss es in den Kopf, bekam nicht genug, nahm den Platz ein, den Kalmyra nicht füllte, begehrte hinterhältig ihren Tod. In der Verantwortung für Betrug und Verlust, das Abscheuliche von den Menschen zugetragen, das beharrliche Ersticken an Worten aus dem Nichts, und so einfach auszulöschen. Sirena hatte Zirte getötet, durch das Gift die Möglichkeit und nötige Kraft genommen, Pronus umzustimmen, miteinander an der Macht zu erfreuen, sah

Kalmyra mit dem betreffenden Umstand sich als Opfer. Dabei schuldete Sirena, der Schutzherrin verpflichtet, das behütete Dasein und ahnte nichts. Immer geschwiegen, felsenfest ergeben, dämmerte zwar lange schon der Grund fürs Gift, aber nie das Vertrauen zu verlieren, bestimmte und damit das kostbarste, das sie besaß.

Ein Diener meldete Sirena. Das konnte kein Zufall sein, auflösend die Angst, aber was für eine wunderliche Nachricht! Nichts anderes als den Auftritt Agatons teilte sie mit.

„Agaton und Ordan geflohen?"

„Ich habe mich genau erkundigt, nicht zu glauben. Soldaten haben verfolgt", so behilflich wie möglich, voll des Selbstlobs, da nicht lange gezögert, sie aufbrach zu berichten, aber unterließ, das Geschehen auf der Brücke zu erwähnen, das sich rasend verbreitete.

„Die Dirne ist uns nützlich", zur völligen Verwunderung Sirenas, die doch selbst Pronus von der ungeheuerlichen Neuigkeit berichten wolle, um sich Zugang zu verschaffen; Gemütszustände wechselten grimassenhaft und schnell, Sirena überging die befremdenden Eindrücke der Verrückten, als die sie Kalmyra auf dem Weg zurück bedachte. „Jemand hat begleitet, eine Frau, Hemma, die Tochter Thrakoms."

Kalmyra lebendig, berauscht getragen, sie die Antwort; auf die Bitte, es sei vertraulich, schickte Pronus hinaus.

„Agaton soll kommen."

„Er wird versuchen, dich zu töten!"

Unbeeindruckt und gelassen beschämte Pronus und ihre Sorge. Das mit Entsagen und Schmerz erkämpfte Leben zerbrach, Aufruhr, Angriff, Agaton auf dem Weg. Pronus wartete auf merkwürdige Weise auf seine Ankunft, Kalmyra gelangte schließlich zur festen Überzeugung der Verschwörung im Gange und das Opfer war sie. Pronus würde mit Agaton herrschen. Die Ahnung Offenbarung, eingegeben der behilflichen Macht, der sie vertraute bis Geisterstimmen als Mörderin umfingen. Auf der Flucht durch den Palast stach Kalmyra einmal mit dem Messer in die Hand, musste wissen, ob nicht alles ein böser Traum war; es blieb der Schmerz das Einzige, das ans Leben knüpfte.

„Noch etwas?", streifte Pronus das Messer an der Brust und ritzte nach.

„Nein." Bereit, zu gehen.

„Diese Hure, ob ich nicht besser eine Karte abverlange? Sicher vermögen die Antworten erstaunen."

Die Frage brachte nicht zu Fall. Ein abgekartetes Spiel. Pronus lachte über ihr Scheitern. Nur ein kleiner Fehler und er stößt ins Grab. „Schone deine Kräfte! Befrag, falls sie lügt."

„Verhaftet und bringt mir Hemma!"

Finster Hass der Menschen, sie erhoben sich, Bestrebungen zertreten. Das verdankst du deiner Niedertracht, schimpfte eine Bedienstete beim Vorübergehen, verneigte freundlich. Messerschatten im Rücken, Klingen, Todesdrohung immer näher.

Ein kleiner Junge am Gang, zerbrechlich; Mutter, warte, hilf mir!

Kalmyra, rasch weiter, rannte, drehte sich um; der Junge war verschwunden, Pronus wandte sich ab, keine Freude, keine Regung. „Ein Kind steht Plänen im Weg", nichts anderes hatte er gesagt.

Zielstrebig und hartnäckig, erfolglos einer Liebe hinterher, unentwirrbar in den Mantel der Macht, den Kalmyra anbetete, der betörend umhüllte, erkannte nicht, dass Pronus, auf uneinsichtige Weise der Tage überdrüssig, nach Agaton verlangte, der verständlich mache, weshalb er sich nicht ergab, anschloss, aber haderte, nichts anderes erwartete als der Tod. Pronus verdrängen, forthaben, töten, mit dem Stab herrschen. In Wellen und Blitzen Licht, Vordringen unmöglich, betrachtete Kalmyra besinnungslos allen Grund, immer verwehrt, überblendete klare Gewissheit, ließ keinen Sinn zurück.

„Nieder mit Pronus!" Simon weigerte sich trotzig, die Flugblätter zu verteilen. Hemmas Staunen, ein vorwurfsvoller Blick befreite, der Bestimmung im Widerstand folgte er doch längst und es ließ auf einer Welle Wohlgefallen schweben. Feierlich ernst übergab Simon das Blatt als wirksame Waffe.

Eine geheimnisvolle Eingebung mahnte Hemma, Agaton zu helfen. Die Menschen gewinnen, mit dem Herzen in die Schlacht, das Übel beseitigen, wie in den Tagen der ersten Rebellion auf den Straßen, sichtbar machen, was geschah, darüber sprechen und verändern. Damals entfachte, Pronus Herrschaft zu beenden, Übermut, dem Hemma folgte und wich mit Jakobs Tod der Einsicht in die Macht und der Angst, als der Wächter alleine nachts, von eigener Macht getrieben, ans Tor klopfte.

„Nieder mit Pronus! Holt den Rätekreis zurück, erwacht!", lenkte Hemma die Aufmerksamkeit auf sich, Simon blieb unbemerkt. „Agaton ist auf dem Weg, meine Freunde, er wird befreien, Pronus richten!"

Agaton, Philodemos Sohn, es war wirklich wahr, als Wächter im Schreigesang von Pronus Ende abführten. Sie zerrten ein junges Mädchen heran, unter Tränen und um Erbarmen flehen der Mutter ergab es beim bestimmenden Griff um den Nacken sich ins Los und stieg in den vergitterten Wagen. Kein Einspruch gegen die verhöhnende Gewalt, sie alle waren Pronus Sklaven.

Hemmas Eigensinn, alles sprengen, der Befehl, half. Der leere Fleck, gerade nochmals entkommen, schrie Simon über die Menschenstatuen hinweg: „Das ertragen und dulden wir? Warum wehren wir uns nicht!"

„Noch so ein Helfershelfer Besserwisser, Mörder!", ballten Fäuste im Zorn, angewidert, Simon vielleicht ein Wächter, heimtückisch vorgebracht. Der Befehl, das falsche Kümmern, Belehren, Versprechen von Weiterkommen, nichts galt dem Wohl. Nichts als Fürchten im blind wütenden Meer, darin ertrank hilflos das Leben, trat ins Gesicht; gemeinsame Stärke in den Gegner gewandelt, begegnete der aufgestaute Hass der Verblendung. Entstellte Menschenwesen reißen in Stücke, wenn Simon nicht überzeugt. Eine letzte, fremde, verzweifelte Tat, drohten aufgerissene Augen, zu zerfetzen. Unglück über die Totenruhe, der

Fähigkeit zu tun, zu sprechen, zu denken beraubt, bemächtigte das Grauen sich der Mitwelt, die Menschen werden sie unumkehrbar zerbrechen.

„Mörder sind wir? Narren mit einem Beil? Das hat Pronus aus uns gemacht? Ich sage euch, nein! Es hört auf, seine Zeit geht zu Ende, unsere ist gekommen!" Wir wissen, was wir uns angetan haben. Hier und jetzt ist es vorbei! Wir reichen uns die Hände, finden ins Leben zurück!", schrie Simon und der gesäuberte Platz spiegelte, was sie taten im hellen Schein und wer sie waren. Kein Wegsehen mehr, kein Vergessen.

„Zurück ins Leben!", vereinzelt, lauter, mehr.

„Wir sind keine Mörder, aber bevor Pronus uns tötet, überrennen wir in seinem Palast. Diese ungeheuerliche Gier, diese Barbaren! Mörderbande! Wir stellen uns entgegen, werfen uns in die Schlacht!"

Deutlich, ehrlich, die Menschen ergriffen, viele beteten wieder öffentlich nach Verbot und weinten.

„Mitbürger, Weggefährten in Keinerland, Brüder! Soll Pronus weiter niederknechten? Sollen sie immer wieder unsere Frauen und Kinder holen und schänden und uns abschlachten?"

„Nein!", brachen alle Rufe Pronus den Hals, dass der Feuerstab mit Haut und Haaren verbrenne.

„Holen wir unser Leben zurück. Freiheit! Nieder mit Pronus! Tod dem König!"

„Nieder mit Pronus! Tod dem König!", der kein Bewahrer und Hüter der Herde einer zusammengeschworenen Gemeinschaft war, aber ihr Henker. Sich zu erklären, unmöglich, Pronus hatte den stinkenden

Schlamm, der in den Menschen gärte, aufgesogen und entgegengespien, sie schleuderten die Last weit weg.

„Wer hat gesagt, Pronus müsse König bleiben? Übergebt uns seine Männer, wir zögern nicht, schlagen sie tot. Aufstand! Freiheit! Tod dem König", händeringend, unversehrt leben, dem anderen nichts Böses, schwoll die Welle an, rollte über den Wagen schon außerhalb der Stadt mit Hemma und dem Mädchen.

Aufstände, Straßenkampf, Angriffe der Rebellen, ein erneuter Gefängnisausbruch, dieses Mal von furchtbarem Ausmaß. Entkommene Häftlinge töteten den berüchtigten Kerkermeister und durchbrachen das Tor. Hemmas Eintreffen – die geheime Rebellin gefasst – milderte die Aufregung und die erhitzten Gemüter, um durch das willkommene Ereignis weiterhin bedingungslos an Pronus zu glauben. Soldaten bei Hemma wagten, das Gerücht zu erwähnen und ob nicht Agaton befreite, weil unmöglich und wie denn sonst hätten die Gefangenen fliehen können. Die Ankunft Agatons und alle Heldentaten, die geschahen, befeuerten Angriffslust und Mut für die bevorstehende Schlacht.

„Die Gefangene ist eingetroffen, Eure Majestät!"

„Das Volk sendet Nachricht. Ein Stein! Und ordentlich schlucken soll sie, achtet darauf."

Eine Perle der Unschuld im lasterhaft verdorbenen Reich, unermesslich Gier weidete sich an der Erfüllung, brachte doch eine reine Seele mit starkem Glauben an göttlich Erhabenes das Wissen zum Sieg.

„Die graue Eminenz im Widerstand, niemand hatte das gedacht. Wie gefällt es der abtrünnigen Rebellin in der neuen Behausung?"

Von der Kuppel in einem Eisenzwinger über der Tafel, verletzte ein Soldat am Bein. „Aus dem Kerker geflohen! Überall spricht man davon", aber Antworten peitschten, brannten in die Haut. Aufbruch zum Seher, Angriff, die Karte fiel, Hemma stöhnte erleichtert auf. Die Informationen entzogen Mutmaßungen und Missstimmung über den Ausbruch jegliche Grundlage, der neuerliche Erfolg verhüllte die Lust, mit der Pronus betrachtete.

„Man wird sie finden und hätte die minderwertige Brut besser in einem Lager zu Tode geschunden", bohrte der Pfeil in Hemmas wehklagendes Herz, mitleidend in der Verzweiflung, stählern Pronus Strahlen rieb den Körper entlang.

Nicht Tod, den Pronus bringt, betete Hemma, er wird ihren Glauben nicht nehmen, den Willen nicht brechen, sie wird nicht aufgeben und bat erneut um Kraft.

„Vermochtest den Stab tragen, hast nur Elend und Leiden gebracht! Der Mensch in dir? Noch ist Zeit, kehr um, eine Tat alles davor, zu verneinen!", sprach Hemma selbstsicher, aber die Härte der Anklage ließe in ein Nichts zerfließen, aus Reihen Grabsteinen Gelächter, Zerstörung, Hemma erbleichte. Gefallen neu entfacht, das Weib nahm kein Blatt vor den Mund, wagte, zu begegnen.

„Nicht die Rebellen bringen deinen Fall, dir fehlt das Lebendige, nach dem das Volk sich sehnt", mit neuer Kraft, herablassend in aller Würde. „Agaton kommt, er wird dich töten!"

„Angriffslustig wie nie zuvor! Aber nein und Leben so viel ich will", ratterte der Stab am Käfig Hiebe nieder; keine Nachsicht und Gnade. „Wo ist denn dein Gott, spürst ihn nicht? Hat er dich gar verlassen? Du gehörst mir!"

Niemals! Seine Frucht, spüren, jede Vorstellung, alle Anschauung aus Ihm. Nicht im Käfig gefangen, Hemma, frei, bei Ordan, sein Bild im Herzen, umarmte.

„Verbrauchst Menschen und bist doch schon lange tot, besser nie geboren."

„Es ist dein Kind, das nie geboren wird", und falls Agaton und Ordan in den Palast gelangten, wird Pronus sie vor deren Augen töten.

„Was ist aus dir geworden!" Hemma zitterte unter Tränen, der Bauch schmerzte, die Brust, der ganze Leib. „Was habe ich dir getan, was die Menschen! Irrst böse, gierig, nur töten. Löschst uns aus? Pronus, sie werden dich holen, nichts wird bleiben von dir."

Kalmyra war eingetreten. „Die Freunde unseres Gastes sind auf dem Weg zum Seher. Befiel dem Hauptmann aufzubrechen mit einem Trupp Soldaten mächtig in der Überzahl. Lebend soll er sie bringen, tot auch gut. Den Kopf der beiden will ich. Bei Tagesanbruch nach Vollmond greifen die Rebellen an. Unsere neue Verbündete hat alle verraten!"

„Befehle?", gehorchte eingeübtes Verhalten im Hass auf alles, was Kalmyra war.

„Die Tore werden geschlossen, die Männer auf Posten halten sich bereit, keiner weiß vom Angriff. Die Zeltstadt erste Abwehr und Front, gib Befehl, gleich welches Ziel zu treffen. Alle finden ein Grab vor den Mauern der Stadt."

Der anderen Tod, deren Begehren und Sinn, nur Pronus und der Rausch der unmöglichen Macht; überwindet, vernichtet Schwäche, Liebe und Angst, entkommt der Sinnlosigkeit in einer durchschauten, undurchschaubaren Welt, opferte für Anerkennung, zustimmend Befriedigung von Begierde und ließ keine Gelegenheit näher heran, Aufgeben und Verlust von Zirte zu bedauern.

Wo lag Verfehlen? Vergib, klagte Hemma Abschied, lass es schnell gehen, flehte sie, aber hoffte, Mut und Kraft aufzubringen und nicht Pronus entgegen das blutende Herz ins Messer dem Schmerz unter Menschen entflieht. Ordan, Liebster, mein Geliebter, jede Stunde mit dir für immer.

Der Stab hob zärtlich, unmerklich über das Gitter, Hemma atmete wieder frei, die Wunden heilten. „Ich nehme von deiner Kraft, Pronus, Buße reinigt unsere Wunden. Deine Dämonen warten schon begierig", beflügelte der Stab sehend. „All die Unschuldigen, die vielen Menschen. Zirte hätte es nie zugelassen."

„Was fällt dir ein!", schalt Kalmyra die aufbegehrende Kämpferin im Angesicht des Todes, die aussprach, was immerfort quälte.

„Die Verräter sterben, Kalmyra. Sorge dafür!" Ohne Bitternis, kalte Leere. Hemma berührte Verborgenes, den Panzer durchbohrte sie nicht. Pronus musste handeln, was im Weg steht, erschlagen, lastete die Gewissheit unaufhaltsam, unantastbar und durchdringend. „Wenn Agaton und Ordan tot sind, werde ich mich um dich kümmern!", und verließ den Saal.

„Roh und gemein, Liebe nie mehr, das Unglück hat mit den Morden begonnen." Hemma sah in Kalmyras starre Augen, „Pronus hat mein Kind genommen!", schrie sie plötzlich auf, begehrte nur noch seinen Tod.

„Unser Schicksal in der Hand, der Mord an Zirte hat Blut über dich und Keinerland gebracht!"

„Was sagt sie… du verwegene, hinterhältige…", befreiend die Anklage, belehrte, festgefahren beständig, entschieden und in Ketten, schüttelte verächtlich die Anschuldigungen ab. Zu herrschen, war Pronus auserkoren und bestimmt, den Menschen diese Welt zu geben.

Kalmyra schritt durch den Palast, tadelte dürftige Ehrerbietung, saugte an den hasserfüllten Blicken, aber Bosheit warf nieder, Bilder der Taten erdrückend, jedes Wort, das verurteilte, geschunden, getreten, begraben. Mörderin, abgenutzte Hure, der Geist geknickt, „nein!", entfloh Kalmyra, hielt am Gedankensplitter fest, unfassbare Verbrechen, nicht zu spät, das Band zu lösen.

Ein Toter ohne Namen und Bedeutung, bluten lassen ins Vergessen, die verraten. „Gedanke und Traum sind mein, dein Gott rettet nicht!"

Durch das feuchte, dunkle Labyrinth Ratten, Ungeziefer, Tribbeln raschelte im Ohr, die Wucht des Stabes tobte mit Menschenkarten, Vorhölle im Dreck und

Blut, folterten die Toten, vergangener Verlust, Blut ätzte auf der Haut, der Stein brannte in der Brust. Der Tod des Mannes befreite nicht.

Nennst dich König! Nicht stark genug zu ertragen, zu opfern, Stück Mensch. Führ den Stab! Die Menschen sind gegen dich.

Die Menschen tot sehen! In den Kerker, an den Galgen, wagten, aufbegehren gegen der Götter Recht, Urteil sprechen über Leben, sein und werden. In den Schmutz, ins Grab, lodert in den Flammen.

Lass ab, Teufel, ich bin verloren.

Nichts ist nicht, ist, Gott nichtig, bedeutet doch nicht mehr als ich! Nicht mehr leben? Meines nunmehr bin ich nicht. Mein Tod ist gut? Niemals ergeben; ich töte, alle gleich, entkommen nicht. Alles mein, Körper, Kraft, die Seele, niedrig Mensch, selig lachen, minderwertig Pack, das Glück, einen Traum gibt es nicht, nur eines, das grenzenlose Wollen und mich.

Spricht und glaubt, er darf, der Mensch. Härte, Sterben lässt verstehen, Tod dem Aufstand, mein Stab, dein Feuer glüht und andere verbrennen.

Mörder! Bestie, zurück Dämon in deine Hölle!

Grauen bin ich. Bringe den Tod. Ich bin König!

Das Herz beinahe Stein, dem Pakt in der Abscheu gegen die Menschen ausgeliefert, wünschte Pronus einen Flächenbrand, die Rebellen ausrotten, die verfluchten Menschen, nichts als Verrat in den Karten, besessen im Wahn über die Falle, in die er getreten, der er erlegen war. Göttlich vorgegaukelt, begegnete einsam, trostlos, nicht zu verzeihen, ungeheuerlich demütigte die Täuschung, wahrhaftige Erhebung, kaltböse klar, wahrgeworden, nichts durfte wachsen in der Wunschwelt.

Die Menschen nehmen die Kraft, Pronus den Stab, vertan das Paradies, keine Gnade, nachgeben bedeutete einen Schritt zurück, jede Milde zeigte Fehler.

„Ich verfluche dich Feuerstab, was hast du gebracht!", durchdrang aus dem Schatten noch Pronus, bereit, zu verlassen, verfluchte unnachgiebig aufflackernd den Rest Liebe, der versuchte, das bisschen Mensch zu verdrängen. Der König beugte sich nicht. Agaton musste vorbei. Niemand durfte den Stab haben.

Dämonen hämisch, klaffend Glotzen, nie wieder Freuden, die Kette bereit, die Flammen lehren, erfreut am Schmerz der Geist mit Blut an den Händen. „Nein!", schrie Pronus schmerzverzerrt im Spiel der Dämonen, „die Menschen sterben", widersprach mitleidend Verstehen, es keimte ohne Einsicht. Ein Messer drehte in der Hand, darin spiegelte er und verschwand. Schwang und trieb, machte mächtiger bei jedem Wiedersehen der Klinge, der Wind riss aus dem Herzen, Unheil und Grauen über die Arme in den Körper trifft Agaton vernichtend.

„Schlag zu, Soldat! Schwächling, hast und bist nichts; du oder ich? Wir sterben beide!" Langgezogene Laute eines Tieres im Wald im Schattenspiel der Bäume im Morgengrauen. Nicht seine Schuld, bekräftigte Pronus, peinigend bisheriges Verfehlen, bestimmte das allerhöchste Ziel, Agaton zu töten, verdarb die Aufgabe, unbescholtene Bürger in den Kerker einsperren, abtransportieren zu lassen; grenzenlos Verzweiflung, entsetzt der Blick berauschte, benetzte, im Brunnenschacht versunkene Augen, klopfte das böse Herz, Pfand und Kopfgeld bis zum Zeitpunkt, da er Agaton den Todesstoß versetze.

Knechtschaft, erniedrigt, Schmerz, Menschen gehorchten, bestraft unterworfen, regte grausam an. Neue Welt, Reinheit, vollkommen im Befehl und das Geschwätz von Zuneigung, zärtlich Gedanke, Liebe auszulöschen wie das Bild, das Leben Agatons. Pronus neue Welt, Macht der Ordnung und alle, die dem Rat, der verlogenen Idee von Gleichheit und Freiheit nahestanden, mussten weg. Dem Hauptmann fiel der Mann bei den Gauklern ein. „Der mit dem Transport der Jahrmarktstrottel", zum Kerkermeister, „hat Agaton nachgesehen. Den hast du noch in den Verliesen?"

Einen Beutel Gold in der Tasche knarrte Schrecken und Untergang aus Ästen und Zweigen, der Wald belauerte. „Bevor du die beiden tötest, besuche ein letztes Mal Sirena", befahl Kalmyra und reichte das Gift. „Fessele und übergib dem Schicksal."

Die Wahrheit? Kalmyra Zirtes Mörderin! „Du bist auf die Lügen hereingefallen", hallten Sirenas Worte nach, „befrei mich!"

„Närrin, glaubst, ich falle auf deine herein?"

„Ich schwöre bei meinem Leben!"

„Eine Dirne stolz und auf was schwören, sie hat bald keines mehr!"

„Du willst richten? Du bist weit unter mir. Deine Ehre, die von Mördern."

„Dein Tod für Gold!"

„Bind mich los!" Sirena wand in den Seilen, die Kräfte verließen. Nur weitergereicht den Trank des Todes, leugnete falschen Stolz nicht, Gier ergeben den Leichtsinn, starb am Gabentisch von Dieben und Mördern. Selbstsüchtig im Leben über das Unglück der anderen gelacht, aber dieser niederträchtige Soldat käme nicht davon. „Mörder", würgte sie heraus, „dein Ende im Todesreigen!"

Log sie? Jedes Mittel sich zu retten! Aber sollte Kalmyra wirklich? Überlegungen brachten nicht weiter, bei der Rückkehr Pronus berichten, bringt Kalmyras Karte Klarheit, schlich boshaft übers Gesicht.

Die Sonne leuchtete an den Gipfeln der Berge, Deckung hinter Felsen zum Eingang, krächzte ein Rabe und segelte über die Männer hinweg. „Los", befahl der Hauptmann, „holt sie!" Die beiden töten, besser ohne Gegenwehr im Schlaf. Noch vor dem Aufbruch riet Pronus plötzlich zu Vorsicht, der Seher half, die Macht des Stabes beschützte. Ein Zeichen, Sturm hinein, kam Meldung, die beiden fort, der Vorsprung gering, hatte der Hauptmann unter Pronus Klatschen die Häupter auf dem Silbertablett gesehen, seinen Aufstieg und den alten Seher mit dem Feuer der Unfähigkeit zu verspotten, bevor er die ärmliche Behausung den Flammen übergab. Behaglich verlassen, nicht das Grab, stak als Keil in der Brust. „Brennt das Loch aus!" Für Pronus sie finden und töten.

Die Rechte der Menschen einschränken, besser abschaffen jedes Entgegnen und die kritische Stimme verstummt, die Wort und Tat bemängelt. Nie allein Pronus Vorhaben, auch Simat verfolgte das Bestreben, als größenwahnsinnig verlacht, der Stab, unmöglich zu erreichen. Das Volk lebte zufrieden in Wohlstand, der Rat gebot Einhalt Faustschlag auf den Schwächeren, ein Leben in Frieden und Freiheit, begann mit Pronus Herrschaft der Niedergang. Thrakom und Thymos im Vorsitz begegneten entschieden, beschlossen mit Philodemos einen geheimen Pakt. Bei Gefahr im Verzug in aussichtslosem Unterfangen bringen sie den Feuerstab fort aus dem Einflussbereich des Königs.

„Wir sind spät." Sonnendurchflutet der Weg im Wald, Vögel zwitscherten. „Keine Sorge, der Stab zerbricht schon nicht", die Bürde zu verbergen. Der Sohn schien wahrhaftig für den Feuerstab bestimmt und dennoch hegte Philodemos Zweifel, der Willkür des Stabes nicht zu trauen, blieb ungewiss, ob der verträumte Denker tatsächlich für den Rätekreis geschaffen war.

Nicht reine Willkür des Stabes fiel die Entscheidung genauso wenig allein dem Wunsch und Willen des Volkes zu, man wusste nicht, ahnte vielleicht, warum Macht verliehen oder verweigert wurde, während von Dauer nur dem Träger in der Hand die Möglichkeit des Einspruchs gegen Maßnahmen des Königs bot, innerhalb festgelegter Grenzen in Gesetzen beschlossen, das Vorgehen zu verhindern. Blutvergießen nur dem König erlaubt, würde ein schwacher Träger von seinen Truppen überrannt, dem des Rätekreises Vorschläge aus der Debatte verbindlich, dennoch auf sein Wohlwollen angewiesen, erwählt von Stab und Volk, vereint mit dessen Kraft. Stärke übertrug der Stab, vermochte Einsicht schenken, aber kein Wächter über die Vernunft, verhalf gewissenlos und blind, ohne Rücksicht auf menschliche Belange zerstören. Hoffnungen der Menschen, Wünsche, Laster, alle dunklen Leidenschaften zerflossen in ausgespielter Macht.

„Ihr verlangt, länger zu herrschen?", drohte Pronus in der ausufernden Debatte. „Nach dem Aufbau des Landes hat der Rätekreis nicht viel getan. Aus vollen Lagern holen, Gold begehren, stand Lohn zu? Auf fremder Arbeit ausgeruht, statt kluge Entscheidungen zu treffen, habt ihr versagt, Keinerlands Bürger allein gelassen. Eure Schuld!"

„Dir zu glauben! Wir arbeiten bis spät in die Nacht, wenn du dich dem Vergnügen ergibst. Verschleierst Gründe, hintergehst, versprichst; lügst den schnellen Weg zum Erfolg, ein Gutgehen im Paradies, das es nicht gibt und das sollen die Menschen mit dem Verlust des Mitspracherechts bezahlen!"

„Pronus, dem Volk ein König, damit nicht Antwort sei, was dein Großvater Unrecht des Herrschers nannte."

„Nimmersatt giert die Krone!", zischelte einer hinter dem Rücken. Pronus zähmte den aufbrechenden Hass, den die Räte büßen, nie mehr Entscheidungen, sein Vorgehen gefährden oder in Frage stellen.

Agaton und Ordan, Freunde, vom Volk erwählt, vor dem Einzug in den Rat, eingeweiht verpflichtet der geheimen Pläne und Agaton folgte als Stabträger, nichts anderes wurde erwartet, zurückhaltend, in Demut nachdenklich, ein Freund der Menschen, als gewissenhafter Träger bedacht und erweckte nie den Eindruck, er sei abgeneigt, die Aufgabe zu erfüllen, aber schien auch bereit fürs Gegenteil. Neidlos wünschte er den Stab nicht, es schuf geheimen Grund der Menschen, zu mögen. Seit dem ersten Berühren entschieden, immer heftiger jedoch schwach in unmäßigem Verlangen und ablehnend, bedrängt der großen Erwartungen. Ordan schätzte Agaton, schon immer erlag der kühne Kämpfer dem zarten Mitgefühl, vertraute obgleich genauso seiner Härte, nie gemein und niedrig. Schwach und stark, einfühlsam und hart, kaum zu fassen der verschlossene Denker, verbrachte mehr Zeit im Felsenkloster als nötig. Stunden in der Bibliothek von den anderen fern, erzählte Agaton nicht von Geheimnissen, dennoch gesellig war ein Gespräch mit ihm immer interessant.

Das Felsenkloster, himmlisch hoch zwischen Hängen erhaben, nannte man den Ort im Volk wegen einer in den Berg gehauenen religiösen Stätte. Kammern, Gänge, ganze Säle schufen ein grandioses Bauwerk. Durch Schächte gelangten Luft, Licht, hinaus Duft und Gesänge, tatkräftig Denken und deren Taten. Zuflucht, Gemeinschaft, ein Ort der Kraft, gelang es nirgendwo, dort lebten Menschen unter einem Dach, auch wenn die Wohnstätten verschiedene waren. Eine gewaltige Gebirgskette mit den Gipfeln in den Wolken schickte Fallwinde, wärmte die Hänge hinab die Berglagune auf dem Hochplateau. Schwierig auf langem, beschwerlichem Wege zu erreichen, Kämme und Schluchten hinweg brachten Wasserfälle und Gletscherzungen an den magischen Ort, wo Ruhe und Frieden herrschten, egal wer den Stab an weltlichen Führern fasste und nie überwucherte der Wunsch nach seiner Offenbarung Bedächtigkeit, Askese oder ein Gebet. Das Felsenkloster, die Hoheit in den Bergen, umfasste vielerlei Glaubensbekenntnisse, schloss weder ab noch aus, Bauten verschiedener Überzeugungen strebten in den Himmel, achtend die anderen den eigenen ergeben, sah man sich in der Einsicht, den Worten der Erwecker berufen und ein jeder Besucher staunte über Gelehrsamkeit, Können, die in jedem spürbare Kraft, Verständnis und wundersame Fähigkeiten.

Abseits der Stunden der Lehre fanden Agaton und Ordan Ablenkung in Erkundungsreisen im und um den transzendenten Schmelztiegel. Der nächste Stabträger war Agaton und es stachelte so manchen Neid an, hielt bedeckt. Anmaßend, offensichtlich und zu klar, mischte sich in fremde Angelegenheiten, wurde unterstellt, der eigenen Gier bedacht, überfalle Hunger nach der Macht des Stabes, der Absicht bezichtigt, selbstsüchtig ehrgeizig einmal im Rätekreis eigene Anliegen zu erfüllen.

„Nimm an dich und behüte, bewahre", betörten magische Klänge, zum ersten Mal als Junge zu Worten, hob unsichtbar die Macht. „Scheitern sie, kehre zurück!", überdeckte sanftmütig der Männer Wortgefechte im Saal laut und verletzend und ein Gefühl von Allmacht und Stärke füllte, entfachte wilde Raserei. Der Stab donnerte mit schwerem Schlag nieder. Eine Welle schleuderte unter und über die Tafel, brausendes Getose, die Gesichter fassungslos, Pronus gerissene Fratze, er eilte, von Kalmyra bereits erwartet, davon. Im Chaos überzeugte die Leichtigkeit, der Stab, bedingungslos wieder an Agatons Seite, gehörte als Teil, bedächtig schritt er zum Stein und führte ins ausgehöhlte Auge.

„Wach auf, wir müssen weiter!" Agaton war eingenickt, der Tod zog mit dem Stab und ihren aufgespießten Köpfen durch die Luft. Mitten in der Nacht los, das Bündnis mit Pronus beschlossen, wutentbrannt Bilderfluten. Unter Toten, ein Gelage, ein Tanz lebloser Begierden im Schatten, Lüge der Lust im Spiegel der verlorenen Welt, nie voll, leer von Füllen würgte Agaton heraus, nirgends lebendig gewesen, bloß traurig Schein der Macht an der Oberfläche im Sein.

Ein ordentliches Stück Weg voran Rast, sie hörten die Soldaten nicht, dämmrig dicht der Wald, mächtige Baumriesen, dichtes Unterholz Tageslicht neidend, drehte um das Auge des Zyklons, um den Ruhepol, gewittrig die Gewalt.

Den Kampf verstehen im Dasein, ums Überleben, die Zeit, die nie mehr kommt; ein Soldat im Schmerz vor dem Angriff. Das Herz brennt, Totschlag tönt das Horn, Tod schillert aus der Nacht des Waldes, der

Hauptmann will Blut sehen, Pronus befielt, Schreckliches wieder tun. Willst mich nicht, Leben, willst, dass ich gehe. Ruhe. Ich ziehe in den Krieg. Bewusstsein des töte, stirbt in dir. Alle kämpfen voll von Hass auf den anderen, auf Agaton, der sterben muss, nicht aufgeben soll. Verschwindet, ruft es heraus, der Tod wartet im Wald, Kameraden; wegen Verdruss bei allem Frieden, dass nicht gelingt, Freuden nicht erwachen; sicher über Verlust, dem anderen nichts, verbleibt ein Mensch, der geht. Verteidige doch nur das klägliche ich wie jeder und alles in der Welt, mit Agaton das Licht; dunkel gewordener Fleck der Erde, unersättlich Monster, Menschen. Nimm das Schwert, Agaton, ich kein Mörder, lass keinen der gemeinen Gestalten am Leben, blickte der Soldat dem Tod im Flug vorbei ins übermenschlich wandelnde Gesicht, das ein Mensch nach Sterben und Verlust, nach Mord, Greul, schuldig schuldlos aus der Zeit auf Erden.

Warum die Felder nicht bestellen, den Freund im Nachbarsdorf besuchen, schreite durchs Blättertor und komme nicht mehr zurück.

„Du bist mit mir", sagte Agaton unerwartet aus einem entschwundenen Traum gerissen. „Ist es Rache an Kalmyra?"

„Ich vertraue dir und du?", starrte Ordan, eines Vorwurfs, fragend, an, „bist du mit mir oder auf der Seite des Feindes? Aber was werfe ich vor, manchmal glaube ich mir auch jetzt noch nicht. Du scheinst schwach, Agaton, bist stark, deswegen und vor allem der Aussicht, Pronus Herrschaft zu beenden, nicht den zu fürchten, zu hassen, der ich morgen bin."

„Ich will den Tod nicht, auch nicht den des Feindes. Sind es Feinde?", sah Agaton traurig an. Ordan rückte, der Worte verwundet, ein wenig ab. „Aufhören soll es, ich will Frieden."

„Nur du kannst den Stab gegen", Ordan sprach nicht weiter, das Horn des Hauptmanns, Pronus Häscher, ausweglos verloren, nur fort von den verrückten Menschen in ein anderes Los. Agaton hielt ab, der Hauptmann schritt heran, ein wachsendes Heer aus Klingen.

„Der erbärmliche Rest vom Rätekreis! Nun gibt es kein Entkommen!" Ordan konnte sich zu keinem Schwertstreich entschließen; Agaton, wissend, fehlgegangen, mit ihm sterben, zerrieb rau, da schoss der Bär der Höhle mit barbarischem Gebrüll aus dem Dickicht, traf mit einem Hieb der Pratze; das Pferd wieherte davon, der Hauptmann lag tot am Boden. Schlanke Blitze zielten im Durcheinander an die Kehlen der Soldaten, Zähne töteten wie Messer, Wölfe fluteten die Männer, erst überlegen, fielen Schwärme Raben her. Eindringling, Menschen, mordlüstern aufgehetzt, Hunger trieb, Wahn und Irrsinn, den Bruder vernichtet sehen.

„Weg hier!", rief Agaton, keiner folgte.

Berge, Täler, endlich Halt. „Hätte ich das gewusst, den Bären hätte ich selbst gekrauelt." Der Macht des Stabes wohlgesinnt, linderte ein Gefühl von Sicherheit die Anspannung an der Wärme des Feuers und machte gute Laune.

„Noch ist nichts entschieden!"

„Die Welt gehört uns", strahlte Ordan im Siegestaumel, der Überlegenheit gehörig überzeugt.

„In der meine Tat nichts bedeutet und nicht nur die Welt und was alles passieren kann, dauernd nehme auch ich mich als Möglichkeit wahr, als Idee, die existiert und bin ich sie, ist es schon wieder vorbei und ich habe gerade wieder mit mir begonnen." Ein Agaton, ohne er zu sein, verlangte nach Erklärung.

„Töte ich Pronus nicht, ist alles vorbei."

„Du bist geübt im Kampf."

„Der Stab gehorcht noch immer Pronus."

Agaton sehnte nach Offenbarung, das Knistern des Feuers rief nach Mäßigung, er loderte aufgebracht, bat, sich nicht zu verlieren. Ein Blatt im Luftstrom über dem Feuer landete nicht weit. Wie das Blatt fiele er ab, immer ein neues würde sprießen. Warum bloß, nahm bei der geheuchelten Zielstrebigkeit eine Welle des Aufbegehrens gegen das Schicksal mit.

„Du willst dich drücken? Dem Kampf entgehen?"

„Und wenn es so ist?", schrie Agaton, „ich bin ein großes Nichts, das den Stab führen kann, mit einem absehbaren Ende", wünschte nichts so sehr, kein Entkommen. „Wir sind zwischen den Zeiten, sagte der Seher einmal. Ist alles mit uns Nebensache und verliert sich im Nirgendwo? Es kann keine Bestimmung sein, dass dieses Blatt vom Baum gefallen ist."

„Der Grund, der weiter reicht als der Kampf um unser Leben?"

Unfähig zu erkennen, geworfen Teilchen im Strom, Möglichkeiten bewegten Möglichkeiten, immerzu im Wandel, dennoch musste nichts den Anfang einer

Veränderung bedeuten. Es ging wie allen anderen auch. Die Aufgabe, die sich stellte, vollbringen, vermeiden, flüchten.

„Was bin ich geworden! Gibt es mich überhaupt, treibe mit und werde angespült an ein Ufer."

„Ich denke, es stand nicht für alle Zeiten fest, ob das Blatt herunterfällt und es jemand betrachtet, aber ich gehöre zu dieser Welt und kann bewirken."

„Alles fügt sich in gewaltigen Wellen von Werden und Vergehen und die Menschen tanzen am Kamm entlang, würde der Seher sagen." Leichtigkeit überwältigte, ohne zu verstehen warum.

„Wir entscheiden, wie angenehm es ausfällt", stieg Ordan mit ein und stieß den Freund vertraut, um die Bestätigung zu entlasten.

Gab es Ankommen? Im Moment schon immer da, verwischte der Abglanz unserer Hoffnung, des Verstehens mit uns in eine Welt, die sich anders zeigte.

„Wir müssen gewappnet sein, dürfen nichts dem Zufall überlassen."

Wie das möglich wäre, wo in jedem Moment alles wie zufällig passiert und verwunderlich berührte das helle Feuer. Stimmen voller Zuversicht flüsterten von Aufstand, Menschen, die zusammen stark sind, entgegentreten. Agaton wusste sie nicht allein, Gutes in der Welt einen Grund und Ausweg finden.

Wundersame Erfüllung aus der Kraft des Stabes. An einem Tag beim Seher müde von der Sommersonne entschlummerte Agaton auf dem Moosbett unter Bäumen. Der Wald führte in die Vergangenheit, Jahre und hunderte davon. Dürren, Hochwasser, streunende Tiere, jagen, verenden, Menschen Zuflucht suchen, sah er, lagern, weiterziehen, wieder welche fanden sich ein. Die Sonne und die Sterne folgten lautlos dem Lauf in Eintracht auf dem Firmament, fürsorglich behütete die Natur, grollte aufbegehrend und bestimmte. Agaton erwachte und stellte, eine Nacht mit Tau überzogen, herrlich überrascht beim Betrachten so vieler Möglichkeiten an der Morgensonne fest, dass eine Zukunft offen, es zu entdecken gab. Ein Blatt vom Baum spielte in der Luft, wiegte sachte, flatterte frech, während alles ruhte um einen Zauber in der Welt.

Noch vor der Stadtmauer umdrehen würde Agaton, die Menschen ihrer Bestien anheimgeben lassen und sich in Sicherheit bringen vor der Willkür eines verloren gegangenen Zweifels an der Fehlbarkeit, wo Grenzen überschritten, zurück ein Fehler, obwohl weiter schmerzte, doch unmöglich schuldig, nicht wahrhaben, was der Mensch tat, konnte Agaton kein Gutes tun, nicht leben für sie und auch nicht sterben, keinen Berg an Gold schenken, zum König machen und schuldete nichts davon, die dem huldigten, der die Familie ausgerottet, auslöscht und nicht aufhört; verbünden, langsam vergehen, von innen verändern, versprach den Ausweg. Nicht strampeln vor dem Ertrinken in der besten der möglichen Welten, darin plantschen im Wohlgefallen.

Nichtsnutziges Stück, rechnest es als Belohnung an, im Aufgeben an die Leichtfertigkeit zu wälzen, im Erbrechen ständiger Lüge, marterten Feuerzungen im Kampf. Die Menschen starben, hartnäckig die Wunde der entschwundenen Gelegenheit, selbstsüchtig das Vorhaben, bedeutungslos entrinnen. Die Niedertracht schlug hart zu, aus dem Feuerwirbel tief in den Wald wollte Agaton ohne Wiederkehr.

Pronus töten. Ich bin gekommen und reiche das Schwert. Der Meister! Eindrücke, Erlebnisse und Zustände zerflossen, alles ein Teilhaben, Wege finden; und dennoch; denn gezwungen zu entscheiden, galten die Freuden der vergangenen Zeit und das Versprechen nicht ab, was nicht aufhörte, zu belasten. Verbünde dich mit dem Feind, unausweichlich. Aber plötzlich in Distanz erstaunte, flüchtig alles, rasend in den Tod, Agaton klammerte, um das Feuer immer schneller, an die Funken, die in die schwarze Nacht entkamen; ausgezehrte Seele, Laster und Vergnügen, jagte Ringen hinterher, der Taten Wellen, keiner vollendet, zu erreichen, quälte, größer wiederholen, immer Neues in den Welten lange schon vorbei, schien nichts als Traum, erwacht, mischten wieder bekannte und unbekannte Menschen in einen Rausch, der in bunteren Farben malte, als je ein Wunsch entfachte zu verfolgen. Übermaß, kein Glück, bereits neue Scheite glosten, damit noch heller Feuer brenne. Schließ dich an! Nimm, was du begehrst, streichelte Dämonen Spuk. Nein! Zurückfinden auf den rechten Pfad! Oder tot gelebt im Totentanz und nicht verstanden, der und nicht der zu sein, der er war.

Aus dem Zauberwirbel heraus Gestalt, nicht ein Moment vergangen, horchte Agaton in die Nacht. „Wir sind nicht allein." Ordan schnappte verdeckt das Schwert.

„Lasst ab, ich bin euer Freund!", rief Jonas, der sich im Schein des Feuers befreite.

„Was hast du hier zu suchen!"

„Was wohl? Ein lauschiges Plätzchen für die Nacht! Morgen ist Jagd, müsst ihr wissen."

„Frecher Lügner!" Ordans Schwertspitze streckte die Kehle.

„Warte! Ich kenne dich. Du hast vor dem Hauptmann bewahrt!"

„Der schwarze Tag der Gefangennahme. Der Hauptmann verfolgt euch?"

„Er ist bei unseren Freunden geblieben und holt nicht mehr ein!"

„Er ist tot", berichtigte Agaton und Jonas, aus dem Gefängnis geflohen, weckte Staunen, denn wie das möglich, da er zwar groß, aber kein geübter Kämpfer und es sicher nicht mit den Wärtern aufnehmen konnte. Es fiel nicht leicht, doch der Schrecken ließ ab und die Worte flossen von allein. In den unteren Trakt des Kerkers hatte man gesteckt. Feinde des Regimes, Angst und Furcht verbreiten, Hetze, Pronus brauchte Verräter und Häftlinge wurden geliefert.

„Die haben verhört?"

„Viel Wichtiges war nicht dabei, aber freizulassen, dachte der Kerkermeister nicht."

„Der Wärter im unteren Verlies?"

„Der böse Fleischberg mit den Pratzen eines Bären. Immer wieder gierig in die Zelle, aber hat er mitgenommen, war´s vorbei. Von den Arbeitslagern und anderen Gefängnissen wussten wir, den Frauen, Männern, Kindern geschändet." Jonas holte Luft, atmete langsam aus, „unterwürfig im Dreck verkrochen habe ich mich, dann mitten in der Nacht, mitkommen, befahl er." Die Flammen flackerten behaglich, steigerten die eiseskalte Ruhe. Der Wärter misshandelt, tötet, drückte an den Zellen vorbei den Hals zu, Jonas senkte demütig den Kopf. Eine Eisentür, Stiegen hinunter in den Todeskeller. „Ohne Fesseln dienen, gefällt euch", würgte Jonas lustvoll hervor; hungriges Verlangen, nacktes Entsetzen genießen, den Duft der Haut, des Bluts aufsaugen, reizte, der Beute hinterherzujagen. Der Wärter nahm die Fesseln ab, schlug zu. Jonas lag nicht lange benommen am Boden, der Blick klarte rasch.

„Meine Knochen sind hart und auch mein Schädel!", beinahe heiter, Agaton und Ordan folgten gespannt.

Niederringen; legte ein Messer wieder hin; schmerzvoll Stöhnen, bevor er erstickt; folgte bereitwillig, glaubte gar, zu entkommen; bestraft das leichtgläubige Vertrauen, das Anschmiegen zerfressen von der Rohheit. Zog sich fort? Alle Knochen brach er, durchströmte zuzuschlagen. Erreichte die Hacke nicht? Er nahm sie, die Arme noch dazu. Still verlogene Ergebenheit, löschte aus, nie war etwas gewesen.

Überlegen Stärke, die kurze Abwesenheit nicht bewusst, packen, ein Schlag ins Gesicht, befriedigt mit dem Stück Mensch spielen, bis es ermüdet; das Zögern nutzte Jonas aus. „Schon seitlich hoch, als er sich umdrehte, habe ich mit aller Kraft den Ellbogen in die Schläfe gestoßen, bin nicht stark, aber schnell und treffsicher und weiß, wo es wehtut; er ist gleich umgefallen. Vor Angst dachte ich, er würde sich erholen und habe ein paar Mal nach dem Kopf getreten." Fliehen der einzige Gedanke, warf Jonas noch die Schlüssel für die Zellen den Häftlingen zu, über die Krankenstation zum Tor nach dem Alarm, der Hauptmann sei schwer verletzt, schrie er zum Soldaten und mit dem Befehl den Arzt zu holen hinaus. "Bin aus der Stadt, in die Berge, umhergeirrt und habe euer Feuer entdeckt. Pronus, der Bastard, die Lüge vom Paradies, schmierig betrügerisch, die Gaukler haben es gleich erkannt", seufzte Jonas. "Zu Jahrmärkten von Stadt zu Stadt sind wir gezogen und immer gab es, die Arbeit neideten, das Brot, aber das verrückte Viel und Wenig, das kalte Misstrauen hat das Leben unerträglich gemacht."

"Es bleibt nicht viel Zeit vor dem Angriff."

"Ein Angriff? Auf Pronus."

"Wir brechen bei Tagesanbruch auf. Komm mit! Für eine Zukunft, hilf befreien!"

"Zurück in die Stadt? Mit Sicherheit nein! Aber keine voreiligen Entschlüsse, erst mache ich ein Nickerchen", und eine tiefe Sehnsucht bereitete den Weg.

"Schlafen?", überzeugte, dass Jonas, betäubt von Pronus Herrschaftsgläubigkeit, bereitwillig dem beschließenden Verhängnis folgte.

Leben war anstrengend, was wussten sie schon von Hunger nicht gestillt, Enge, Drohung, Folterschreie in der Nacht, missbraucht in die Ecke winden. Schlaf gab Zeit aufzuatmen, zu entfliehen, sich wiederfinden, zu vergessen, obwohl Jonas nie vergesse und nicht nur die Herren trafen wichtige Entscheidungen, er erstritt und erkämpfte vor dem Gefängnis Freiheit in den Tagen. Ordan verstand, aber mahnte Kampf und wenn Pronus gewinnt, sie zu töten.

„Ich komme mit!", überlegte Jonas nicht lange und kämpfen, überraschte er, war doch nicht vergebens. Für ein Zuhause, das erwartete, bewahrte vor den tosenden Stürmen der immerwährend unsicheren Welt.

Abends am nächsten Tag erreichten sie das Tor zur Stadt. Schwäche sehnend den Dämon, Agaton entkam nicht, Aufgeben trieb in die faulende Kloake, aus der Genusssucht versuchte und den Menschen zum Nutztier zu unterwerfen. Komm und hol mich, rief der Stab, holte aus dem Morast, in den Agaton, sich und die Menschen leid, versinke; bringe Eintracht und Frieden, gemahnte Licht inmitten der Dunkelheit; nach dem Guten streben, gab es das überhaupt, wandelte es nicht austauschbar, hadernd im Gefecht und dennoch möglich zu erkennen, die gute Tat sein, sich überwinden, töricht Dummes, bösartig Sinnen und Wünschen in den Weltabgrund, Leid und Schmerz verringern. Der Meister forderte genauso, niemals den anderen zu töten. Pronus leben lassen? Das Gute, das Agaton vollbringe, wäre niemals zu ertragen. Im Aufruf wider die Verachtung für das Leben es nehmen, der Freiheit helfen, Fesseln lösen, taumelte Agaton, vermochte er denn? Eigenen Vorteil in den Hintergrund, verlieren? Zeit, Gold, Nutzen, sich verlieren, sterben. Gemeinsam nicht allein, dafür sorgen, dass, wenn nur noch einmal, es Gutes gab, das wert zu bleiben, erinnerte Hemma, selbstlos in der Hingabe, eingegeben, helfend gewinnen.

Ordan und Jonas mussten umkehren und Agaton holen, gedankenverloren unter den Menschen, vermieden im wimmelnden Haufen, ignoriert umgangen. „Was ist mit dir?", verwunderte Ordan, „willst du hierbleiben, predigen und keiner hört zu? Komm, wir müssen in die Stadt."

Geschäftiges Treiben, Stände, Hütten, Zelte, dazwischen stritt Beute um Beute, die Fäuste gegeneinander, Betrunkene, splitternackt Gestalten schlichen umher und anderswo gestaunt, hier nicht beachtet, gehörte zum gewohnten Bild.

Besessene, in niedrigem Begehren reißende Menschenbande, es beschämte zutiefst, wusste Agaton ihn doch in gleicher Weise anzuklagen. Schrecklich schöner Zauber, als Verführung das Wünschen großartig gefällig im Wohlgefallen und kein ängstlich Klagen oder brav züchtig Denken hindert, schlecht zu sein, endlich überzeugt dem festlich-betrügenden Ungemach und großen Fressen beiwohnen, jede Tugend und Schmerz vergessen in den abgenagten Knochen, im ausgeworfenen Gift der Menschen Hass, verfolgte Zutritt in die Verworfenheit und erwartete dennoch, dass ein Stern auftauche erhabenen Sinns, göttlich Wink, der bestätige im Glauben an ein Besseres, erleuchtendes Erleben begeistere, nicht nur zeitwandelnd mit dem Stab, sich Erfahren in grandiosem Dasein zeige, bekehre, erinnerte niederdrückend befreit, ein Mensch sein, leiden, freuen, vergehen, einander begegnen, nicht nochmals immer wieder keines.

Agaton rümpfte die Nase, zwischen den Zelten wehte eine süßlich erst, dann grässlich stinkende Wolke, durchzog die Zeltstadt mit Krankheit und Verwesung, heimlich offen aus schwärenden Wunden der Bewohner. An einem Stand mit Büsten des Herrschers erstickte die falsche Gutmütigkeit. Zorn ob all der Leiden, Rache, wütend davor, den hohlen, hart gewordenen Erdklumpen zu zerbrechen, empfand eine Frau den Ausdruck skandalös, der Kaufmann lächelte schlau voller Entzücken. „Guten Tag, der Herr!", präsentierte er Abbilder vom wohlwollenden König. „Nach seinem, wohl ganz nach eurem Geschmack, nehme ich an oder wollt ihr statt Pronus herrschen?"

„Ich hole seinen Kopf schon noch", davonlaufen, überrascht der eigenen Worte, rannte Agaton in Ordan und Jonas von Erkundigungen zurück.

„Die Tore sind verschlossen, keiner hinein noch hinaus und man weiß nicht warum."

„Der Angriff. Pronus weiß es."

„Die Menschen hier!" Jonas verstand nicht, „sind schon tot", erwiderte Agaton grob, mit fremder Stimme.

„Pronus gefällt nicht?!", rief der Kaufmann geschäftstüchtig bedrängend und neugierig geworden der unverständlichen Unterhaltung.

„Sehr sogar", antwortete Agaton gefasst, „außerordentlich feine Züge." „Großartige Kunst!", fügte Ordan hinzu. Doch Lob für Pronus zog an, gerissene

Gestalten plätscherten ans Boot, das unruhig wogte im aufziehenden Sturm.

„Nicht nur das", belehrte die Frau. „Blühende Geschäfte, gutes Leben hat er gebracht, den Menschen gezeigt, was zu tun ist oder etwa nicht?"

„Das Lager bleibt vor der Stadt und man will euch nicht hinein", versuchte Ordan angriffig einen Vorteil schaffen und entkommen.

„Die Bürger sind noch nicht bereit für uns in Pronus totaler Idee der Gedanken, die Blutkarte bestätigt unsere aufrichtige Liebe, wird Frevel und unerhörte Lüge der anderen zeigen, eines Besseren belehren."

„Den Weg bereitet hat Pronus, seht das reiche Dorf, das Blut der Menschen seiner Größe zu Ehren", unterstützte eifrig ein Mann daneben.

„Freizügig Wünsche leben, die avantgardistische Größe der Feste als Vorbild macht es möglich", drängte ein anderer sich aufgeregt in die Unterhaltung.

„Pronus trägt den Stab der Götter und erleuchtet!", priesen Hände den Himmel. „Heil Pronus, lang lebe der König", stimmten alle mit ein und betrachteten misstrauisch die Neuankömmlinge, die, dreist anderer Meinung, nicht um die Wette mitschrien im Lobgesang auf seine Herrlichkeit.

„Ungeheuerlich", keifte die Frau, „nicht zu huldigen, ruft die Wächter!"

König Pronus, die absolute Wahrheit, niemals zu verstehen, verlangten sie, die Berechtigung des unerschütterlichen Glaubenssatzes bestätigen, vollkommen ergeben in Meinung und Urteil, musste Agaton die sinnentleert, sinnstiftende Leichtigkeit mit Gehorsam belegen, wie alle bis zur Verrücktheit versuchen, denn immer drohten Stab und Schwert, „und lieber die Hand am Griff, als mit dem Kopf an der Schneide", und den abtrünnigen Agaton, diesen Gegenpol, in den Bann gezogen, werden sie dem Elend von Pronus Herrschaft und manch innerem Konflikt geheuchelter Zustimmung weiterhin nachgeben dürfen, der gebotenen Möglichkeit, sich gewissenlos zu bedienen. Der ständigen Erfüllung aller Laster offenen Gräben und gebieterischen Antwort auf keine Fragen müde, selbstgefälliger Berechtigung in der ersessenen Lüge, kettete Pronus Freiheit armselig an die Wiederholung und dieser Mann sichert der zügellosen Unmäßigkeit weiter einen Platz am prall gedeckten Tisch. Die Menschen umringten, Jonas befreite aus der Moralistenfalle. „Sofort weiter, wir dürfen das Fest nicht verpassen", schlug eine Schneise, unverzüglich gaben sie frei, niemand durfte ein Fest zu Ehren Pronus verwehren und in den Sog präsentierte Jonas den Ausweg, ein orgiastisches Gelage. Geruch von Samenflüssigkeit erbrochen, stachen Exkremente beißend in die Nase, verwildert offen trat krank auf den blutenden Genuss. Ein lauter Toast auf Pronus legte sich über die rohe Annehmlichkeit, flaute nicht ab, hallte unter einer unflätig dunstigen Glocke, um im erzwungen lustvollen Schmutz unterzugehen.

Körperfallen buhlten, zogen in die Mitte. „Ihr ziert euch?", durch Abweisung gekränkt, „Festtag ist für den verehrten König und keiner darf sich dem entziehen!", belehrte eine hässliche Alte schmalzig lüstern, die Zahnreihen löchrig, nicht heranzukommen an die beiden. „Greif schon her!"

„Mein Gott und König, sind die schön!", umzingelten Hübschere, „und ja", stimmten sie zu, „alle ergötzen sich für Pronus aneinander."

Stumpfsinnig Aufleuchten einer versteinerten Freude, Schranken gefallen, anrüchig schamlos und verworfen, lehnte Jonas entschieden ab, sickerte in den Hintergrund, der bekümmerte Ausdruck rührte, ein untersetzter Mann näherte sich abseits der Körpermassen.

„So allein bei den vielen Gelegenheiten?", tastete er heran. Jonas nahm keine Kenntnis davon.

„Wohin des Weges, verärgert?"

„Wie? Nein. Es spielt keine Rolle, was ihr wollt, wir wollen, ich will, wir sind Pronus willenlos ausgesetzt."

Eigentümlich wahr die seltsame Rede, Damos schritt traurig nebenher. Der Koch im Palast begegnete mit einem Wagen Lebensmittel, hegte, in angenehmer Position, mit Zugang zu gedeckter Tafel und delikaten Informationen, ein Leben lang schon Hass für den König, suchte Zerstreuung und ein wenig Liebe. Ein meist gut gelaunter Mensch, gutmütig, zu wohlgesinnt gemeinhin, der Sohn der Köchin, die vor Pronus Kinderaugen das Leben ließ.

„Alles ist verloren, Pronus lässt keinen von uns am Leben", gebrochen im unabänderlichen Geschehen, aussichtslos im Schwingen des Stabes über der festgefahrenen Ordnung.

„Warum sagst du das?" Jonas erzählte vom Angriff, von Agaton, der, Pronus zu töten, nicht in die Stadt kam. Eine Weile verharrte Damos in einer aufmerksam horchenden Pose, dem Modell eines Künstlers gleich, als kühnste Träume niemals diese Gelegenheit erlaubten, nach der sich das geschundene Land verzehrte. Pronus verraten, vernichtet sehen. Die Aufregung über die Nachricht versetzte erst neckisch böse, Schämen bedrückte niedergeschlagen, aber der eingewöhnten Reaktion entrückt, verstand er. Nie wieder gäbe es eine Gelegenheit und Damos, der den Wanst dieses gefräßigen Mörders stopfte, konnte beenden, wonach gebetet wurde im Land. „Führe zu Agaton!", rief er entschlossen. Jonas wehrte ab, redselig gelogen, kenne Agaton nicht. Damos beteuerte, zu helfen.

Dem verräterischen Todesmut nicht weit erfasste der bevorstehende Angriff. Thrakom begleitet von Simon, letzte Vorbereitungen der Rebellen und Agaton wusste, ein Orkan wird wüten, niederstrecken und verwüsten.

Weltbewusstsein Teil, immer verbunden, es gab Sein und Menschen, getragen über Dimensionen, eine lebendig gewesene Quelle, die tot, sendet, rief Philodemos zu. „Steig in den Wagen!", und Agaton erkannte, der Vater half aus der Zeit, zu entkommen.

„Sie greifen an, Ordan, ich sehe es geschehen." Unter Schimpfen und Fluchen aus dem Netz der Körper, von Jonas gestellt.

„Der Koch mit Wagen." Agaton ließ erstaunen und Damos erklärte einigermaßen verblüfft, dass er im

163

Wagen versteckt durch das Tor schleust, fuhr vor, nannte dem Soldaten seinen Namen.

„Damos, natürlich weiß ich, wer du bist und sehe es ein. Vorräte dürfen nicht verderben, müssen in den Palast, aber niemand darf durch."

„Du traust mir nicht?"

„Hörst du nicht, das Tor bleibt verschlossen! Einzig der Hauptmann mit Agatons und Ordans Köpfen hat Zutritt und die sehe ich bei dir nicht."

„Was jetzt?", mitgerissen ins Vorhaben, begegnete und verließ der Glaube an Erlösung.

„Es dämmert."

„Dort zum Tor, beeil dich", rief Ordan. „Wir bringen deinen Kopf", wandte er sich an Agaton, abwesend im Gedankensturm durch die Zeit, „oder meinen!"

„In einem der Fässer ist frisches Blut, tränke das Hemd damit. Sehen sie Gold, werden sie nicht zwischen Kartoffelsäcken suchen." Damos raste zum Osttor, aufgeregt wie noch nie im Leben.

„Überall Blut!" Visionen zerrieben, Pronus töten, pochte in den Körper, „der Soldat im Wagen deckt auf", warnend, schmerzverzogen; traf mit dem Schwert das Bein, Agaton wurde gefasst, alles war verloren; sah sie rasen, Vergangenes, nie Verwirklichtes, das Versagen, Blut quoll über sein Scheitern, die Menschen in der Falle, stand er vor Pronus, kämpfte an der Stadtmauer, alles verschwamm im Chaos.

Der Soldat stocherte in einen Sack, verfehlte, anwesend, aber entglitten, betrachtete Agaton sich als Ereignis, das zu Ende ging.

„Öffnet das Tor", forderte Damos, „ich habe Ordan und Befehl, in den Palast zu bringen."

„Keiner hinaus, noch hinein!"

„Die Rebellen greifen an. Der Hauptmann ist gefallen und der Gefangene gehört Pronus. Willst du dem König nicht gehorchen?", blieb Mittel zum Zweck über die Menschen Urteil und Unheil, zementiert in den Glauben, bestraft ein Nachteil, den man Pronus einhandelte, und der Mann wusste um den Angriff. Das Tor öffnete beim Erklingen des Signalhorns.

Der Soldat durchsuchte den Wagen, Agaton, in fieberhaftem Ziehen durch Welten, rührte sich, ein Sack verrutschte, verriet, Ordan, dem Anschein nach schwer verletzt, atmete gleichmäßig und tief.

Agaton als Junge auf dem Fest verschwinden sehen hatte der Soldat, erschrak, als greifbar nah im Wagen plötzlich weit in den Raum eine schnelle Abfolge in der Zeit Geschehen zeigte, in wirr verschiedenen Möglichkeiten Ausgänge möglichen Handelns, Schein was war, sein kann, vollführt der Mord an Agaton, der Soldat mit dem Schwert ersticht. Neid rief Agatons Wunder hervor, der Wunsch zu erreichen, lenkte den Weg in den Palast und nun erkannt, der vergangenen Zeit Schrecken vor Augen, durchflutete Erlösung, das Ende von Pronus Herrschaft.

„Beende es, Agaton! Töte Pronus!", bitter gerührt einer Hoffnung, fasste der Mann sich und meldete: „Ordan liegt blutüberströmt im Wagen", hatte den Befehl ausgeführt, den Wagen kontrolliert und keiner Falschmeldung überführt durch den Mauerbann, betraf die Ausübung der Pflicht dem täglichen Erbringen untergeben, selbst schlimmste Lügen zu verstehen, erwies gerade jetzt eine, die doch keine, als die Wahrheit, nach der er sehnte und überfiel Agaton regelrecht in arger Härte fordernd, dass er den Mördern, Vergewaltigern und Bestien in Pronus Reihen sich entgegenstelle, das Unrecht vergelte; erdrückend Rache, unstillbarer Hunger, töten, keine Nachsicht und Milde, zurückgeben, was ausgeteilt worden, erstickte blutdürstend Antrieb der Menschen, zerstörend in den Abgrund, in den Agaton stürze; unwürdig der Menschen Taten schwächte, warf unentschlossen in den Kampf.

Damos führte das Gespann zur Festung, den Ausläufer hoch einen breiten Weg entlang vorbei an Truppen, dem Platz der Kundgebungen fürs Volk, durchs weit offene Tor.

„Den Schlüssel für den Kerker habe ich noch."

Ordan in Gedanken bei Hemma, hoffte sie wohlauf und zögerte nicht eines der wichtigen Vorhaben zu erfüllen, die Gefangenen zu befreien. „Pronus wird versuchen, zu blenden, er will dich töten. Agaton, hol den Stab!"

Auf dem Bergrücken drehte Damos in großem Abstand um einen Obelisken, den zwei Säulen flankierten, über den kreisrunden Platz vorbei an Soldaten vor den Eingängen, ein Säulengang führte hin zum Palas, dem Prunksaal, mit der Glaskuppel bis über den Obelisken sich erhob. In die andere Richtung Zimmer, Etagen für Gemächer des Königs, Säle, Wohnräume enger Gefolgsleute, schaukelte Damos vor der Küche einen Schlüsselbund, brachte Agaton durch den Palast.

Pfeile der Rebellen sprenkelten Lichtfunken-Feuerwerke an den unsichtbaren Schild, der mit der Macht des Stabes die Mauer schützte. Angriff überall im Land. Agatons Rückkehr, das Gerücht vom Befreien der Gefangenen, „los von den Ketten!", fachte Unterstützung an, „Freiheit!", erhobenen Hauptes, leichtfertig für das Versprechen der besseren Welt vergeben. Statt des Paradieses lauerte der Tod, verelendet zu nichts das Mittel des Machterhalts. „Die Hölle seid ihr!", hatten die Gehilfen geschrien, einander nach dem Leben gegriffen, ohne Mitleid, Abscheu, lachten nicht mehr im Spiegel der großen Angst, vergangen die Lust am Hass im Leiden und wünschten, in einfacher Weise begegnen, eigene Wege gehen, strahlte Licht, umarmen, füreinander sorgen, nicht länger täuschen. „Was haben wir getan!", schlich der Albtraum ins Morgengrauen, aufwachen, wegfegen das Ungetüm von Gier und Macht, neu im Zusammenhalt bestehen; unbezwingbar, unendlich große Macht.

Noch uneins der vielfältigen Betrachtung, eine Grenze überwunden, die Zeit im Bewusstsein, Gedankentore, die Welt, erkannte Agaton im Erwachen seine, dem Weg auf der Spur, den jeder Schritt ergab, jede Tat gesetzt. Verbundenheit über die Zeiten eins, Seelen aus allem, in allem, berührte, leben und vergehen, minderte kein Vergangenes, Zukünftiges in der Bedeutung; verkündete noch verborgen, überstieg Vorstellungen und Träume. Die Möglichkeiten, die der Stab bot, lockten den Schatz nicht aus dem Versteck, des Lebens Brandung gab frei, der Gezeiten Geröll aus Tagwerk, leidvoll, lächelnd Schichten Leidenschaft.

Mühsal, einsam Verlust, trotz der eingebenden Sinne niemals wirklich gewiss im Zweifel entwich: mit Pronus herrschen, wahrlich göttlich, zerrissen unwissend: der Mensch, das Tier war, tat und nahm, die ganze Wahrheit, was bewirkt werden kann? Demut vor der Größe, im Wunsch zu ergeben.

Er tötet mich; lass es nicht wahr sein! Gott! Einhalt! Hilf glauben oder verwünsche für alle Zeiten, da ich zerfließe mit den Flammen lebendig im Palast; in die Flucht im Elend, in der Schmach ruchlos ins Nichts enthoben, dient keinem Zweck, als auf alles zu treten. Gib den Weg frei, kraftlos Scheitern zerbrach, nicht zu verstehen, ändern können, führt durch ein Tor, das weder Anfang noch Ende kennt.

Den Säulengang hindurch kehrten mit Agatons Kampfgeist Ideen wieder, die dem Rätekreis entsprangen, die Gleichheit der Menschen, Brüderlichkeit, gerecht ermöglicht, das Potential zu schöpfen, aber schamlos Umkehr, beraubt, lächerlich gemacht, hohnlachend in den Schmutz, die menschliche Größe zu entfalten, jedem Gott fern, gebrandmarkt in Pronus Macht. Vergänglich ausgesetzt, ein Schnippen der Finger Zeitalter dahin, der unterlassene Versuch, die Anstrengung dafür! Nein, noch nichts entschieden und ging in irgendeiner Welt eine unter Pronus unter, es ist nicht die, in der Agaton lebte.

Der Geist in Scherben stieg Kalmyra in die Kutsche. Eine Absicht hatte bestimmt, in Pronus Geschick verwoben, hasserfüllt umarmen, es mit dem Dolch beenden. Pronus erwartete bereits, würdigte, restlos verachtend, keines Abschieds, Kalmyra, zu Ende getreten, blieb er finster zurück, einem enttäuscht, verbitterten Jüngling ähnlich. Ein Messer in der Hand spiegelte das Antlitz, ließ es verschwinden.

Ordan überwältigte spielerisch, den verbliebenen Wärtern überlegen, während Jonas die Gefangenen befreite. Auf dem Weg zum Palast raste Kalmyra vorbei, längst entglitten, kühl, keinem Trost nie mehr empfänglich. Ein Blitz stieß in den Himmel, prallte zurück, sprengte das Haupttor weg und breite Teile der Mauer, der Bann des Stabes gebrochen.

Die Begleiter halfen ins Boot, bleich und krank füllte aufhören, leer werden, Schreie nicht mehr bändigen, teuflisch Grauengesichter, der Menschen Leiden, Flüche, kein Entweichen, missbraucht um der Erfolge Pronus, leugnen, lügen; gängelten Worte einer anderen, nicht nur zu fliehen, ausweglos des Todes erwartete. Leben erfüllte nicht, kein Lächeln aus dem Antlitz der Menschen, hing Kalmyra an einem Faden, den sie zerriss, brachte den Tod, Mörderin, den Willen Pronus überlassen, das Abbild der Wünsche unerträglich und nicht wahr, die Gedanken nicht, keine Liebe.

„Hört auf!" Wunden heilen nicht. Du wirst sterben. Und die Wahrheit? Menschen leiden lassen, ist gut. Strafe und foltere, sie verdienen es, aber ein Licht über ihr, wusste Kalmyra plötzlich aus einem früheren Verständnis, ein geeinter Mensch zu sein und nie mehr unter ihnen wandeln konnte, stolperte geschwächt über das Boot, niemals noch dem selbstzerstörerischen Versagen hinterher. Mit Blut beflecktes Gewissen, Königin auf dem Leichenfeld, der Stab der Macht hat betrogen. Deine Schuld, sprach der Junge Urteil, der nicht von den Fersen wich. „Meine Schuld!", in letztem Leiden, die Soldaten sahen befremdet an, schleppten letzte Kisten auf das Boot und legten ab. Der Junge knüpfte aus einem Seil einen Strick, aus einer Truhe Gold, Juwelen, befahl Kalmyra, an den Rand zu stellen, band das Seil am Knöchel und an der Truhe fest. „Herrin!" „Genug. Hört auf!" Zur Stadt sah sie nicht zurück, schob die Truhe aus dem Boot und sprang hinterher.

„Endlich! Keine Sorge, Hemma ist ohnmächtig. Die Aufregung, einfach zu viel." Agaton streckte aus der Beuge, in die Pronus zwang. „Auch der Stab wartet, gehört gemeinsam."

„Du hast jedes Gesetz und Versprechen gebrochen, Vater hat vertraut, nachgegeben wie so viele. Keine Worte, Schmutz aus deiner Seele, Mörder!"

„Worte. Bedeutungslos und schon verhallt! Ihnen glauben? Das Schwert entscheidet letztendlich. Agaton, wir gebieten über Gegenwart, Vergangenheit und Zukunft!"

„Durch und durch verrückt, das bist du geworden!", schrecklich Tat und Vorhaben, Frevel aufzuzeigen, zu begreifen.

„Dein Tod, der deiner Freunde und der Menschen! Der ganze Schmerz und du kannst erlösen. Ergib dich, bring Frieden! Kämpfe und hinterlass ein Schlachtfeld und verbrannte Erde", drohte Pronus, dachte angesichts des bestürzten Ausdrucks bereits in seiner Macht zerrieben. „Gut so", gewohnt blasiert, enttäuscht beinahe des einfachen Unterfangens, ein leichtes Spiel Agatons Tod und deutlich vor Augen. „Ich führe in den Traum im Palast."

„Frieden in Keinerland, kein Traum, das Böse verschwindet. Pronus, und die, die Liebe für dich empfanden?"

„Alles vergeht, ich bleibe", fluchte Pronus düster.

„Für Applaus, ein Gelage, die Krone zu schwer zu tragen? Dämon, Pronus! Menschen nehmen nicht nur, sie schenken Nähe, Hoffnung, Liebe."

„Meine Taten füllen deine Zeit!"

„Und deine. Manch ein Moment erfüllt für ein Leben. Ich bin auch, was nicht geworden, war und ist, Träume, Wege und Begegnungen lassen erahnen. Gegen deine Taten mein Denken, dass ich erlebe. Du bist an sich eine Plage, von denen es gibt in der Welt."

Den Hass spürte Agaton nicht mehr, nicht mehr lange Schritt um Schritt Pronus, nie aus der Zeit, wusste sich aus der Mitte der Menschen hinausgetreten; Taten wieder und wieder sehen als der andere, was ein Menschenleben lang versäumt und verachtet wurde, bietet die Geisterwelt, kein Sterben umsonst, frei die gefangenen Seelen, das Herz hart, wird ungerührt Grauen übergeben.

„Die behütenden Grenzen erlauben ruhiges, verständiges Vergehen. Du erreichst nichts als Verzweiflung der offenen Entscheidung."

„Die Freiheit, anders zu denken. Habe deine Stärke nicht ertragen, die Schwäche ist; nimmst und dich ekelt, zerstörst; vergisst, was du bist! Einer von uns Menschen!"

„Vergiss die Menschen! Gib ihnen Gold, Macht, Kontrolle, entdecke das grausame Tier, das nicht aufhört, vom anderen zu nehmen. Nun, ich habe getäuscht, sie lassen sich auch so gern verführen. Ich habe meine Chance genutzt."

„Jede Chance geraubt und jede Würde, das Stück Erde, das gehört, die Freiheit eigener Welt, Sinn und Vertrauen, hast Leben genommen, dem Tod ergeben zum Mittelpunkt gemacht. Knechtschaft mit Niedertracht gewählt und willst dich rühmen?"

Agaton sah in einem, dem König gebührenden Abstand, an. Aus Pronus Grinsen zur schelmischen Grimasse tropfte Hass.

„Wenn ich dich durch den Stab brennen sehe oder soll ich wie deinen Vater töten, aufspießen, gejammert und gefleht hat er vor dem Tod."

„Nein, du lügst!" Agaton auf ihn im Zorn, wehrte noch ab, aber die Klinge drang in die Schulter.

Den Stab aus dem Stein erschütterte Pronus böse, ins Fleisch rammen, verbrannt der Feind, die Reste zertreten. Pronus holte aus, der Stab stürzte in Agatons gestreckte Hand. Ein Blitz schoss durch die Kuppel, Mauern rissen. In einen Kraftwirbel durch Glassplitter in die Luft ein Treffer auf die blutende Schulter, Schlag um Schlag, schleuderte einer Welle Wucht auseinander.

172

An einen unsichtbaren Schild, gegen Strömung nicht anzukommen, hoben geladene Wellen Kräfte auf, Raum dehnte in sich augenblicklich ins Gegenteil aus sich heraus. Der Stab führte an die Stadtmauern, auf die höchsten Gipfel, an den Meeresgrund, in kalte Leere, umgeben von Nichts im Schweiße des Angesichts, im Kampf ums Überleben.

Ist es vergebens? Aus jeder Zelle widerstrebend Wille, fürchte den Tod nicht mehr. Bin mit jedem in allem, außer mir, alles ist, nichts in mir ohne Bedeutung.

Wage dennoch die Belästigung, ob es ist, die wir verstehen. Die Frage ohrfeigt im Grauen, das Pronus geleert hat über Keinerland und mich. Abfall seelenlos und ohne Leben dient, hört nicht auf, zu nutzen, darf verstehen, was verstanden, sich durchgeschlichen, übergegriffen hat; es grenzt an mich.

Traum, Geist, nicht zu fassen, nicht zu glauben, zeig dich! Macht zu zerstören, zu erhalten, zeig dich Gnade, wenn es dich gibt. Hilf glauben, nicht zu zerbrechen an einer Einsicht.

Schicksal unter und mit den Menschen, Ausflüchte irr, einsam, sinnlos, gerecht und wahr im Weitergehen, der Traum der Wirklichkeit geschieht.

„Du hältst dich in den anderen gefangen, Pronus, aber deine Macht verlässt, die versteht, die Seele, den Körper zu zwingen, verstehst du die Gesetze, nach denen wir bestehen?"

„Ich weiß die Hölle im Palast, willst nicht verstehen, lockt der Zerstörung Brut. Was sich gehört? Mir gehört, alles andere genügt nicht. Ich verteidige den

Platz, auch das Volk fragt nicht nach einem Gewissen."

„Dein Opfertisch. Ich bringe, was du gebracht hast. Den Tod."

Soldaten drangen in den Saal, eine Schlachtwelle rollte heran, blitzschnell in der Bewegung wandelte Agaton und warf nieder; kein Entschluss, blankes Überleben, durchschlagend Macht, durchströmt von Instinkt, der Zerstörungskraft des Stabes, zu bestehen, leben, eingehen in den Lauf der Welt, unterordnen verständnisloser Wiederkehr.

„Was ist er ungeduldig, kann letztes Erkennen nicht erwarten", schnappten die Männer nach Luft im Kampf.

„Es tut mir leid, mein Freund, auch du verdienst nicht, durch einen schuldigen Menschen zu sterben."

Nie loslassen, bröckelte Begehren, göttliche Zumutung, der Mensch verloren, brannte Pronus von Innen aus. „Der Stab vernichtet dich."

„Ich lasse den Stab zurück." In Agatons Augen funkelte ein Feuerkranz, die Borke des Stabes riss, leicht wie eine Feder fielen grobe Brocken, gewaltig und schwer schlug Stein um Stein auf am Boden im Palast. Der Obelisk durchschnitt den Säulengang, Mauern stürzten ineinander.

Die Antwort einem Schicksal, geworfen in die Welt, was auferlegt, undurchsichtig begegnete, begriff Agaton, seine Herausforderung bestand, über den Stab der Macht befehlen, im Anblick aller Macht verzichten. Die Last fiel ab, dennoch erfasste Bekennen, zu ertragen, eigen Bedeutung Sinn streichelte befreiend; kein Held, erlangte er die Kraft einsichtig durch Anstrengung und Kampf.

Flüchtig Traum wandelte im Tun in die Welt hinein, half dem Werden auf die Spur, alles strebte Erfüllung hin, zu bestehen, dem Wohlgefallen eines Tages zugetan, falsch verführt das Übermaß des Satten hungrig. In der Zeit blieb Agaton, über, mit ihr, in der inne- und teilhat, bewirkte, nicht wollte, erkannt hat und dennoch werden lässt, ohne dass es betrifft. Über Hürden durch ein Menschentor, das fordernd immerzu, in sich schrankenlos Schranken schafft, an der Welt Grenzen zu erreichen, gebietet die Möglichkeit im Miteinander füreinander jeder Teil im Ganzen. Des Bösen Bann gebrochen, überlagerte hinein verziehen, belastete nicht mehr.

Pronus entstellte in verborgenen Schrecken durch Grauengesichter, er brannte lichterloh, wandelte in einen Stein und sprang auseinander. Agaton lag zwischen Trümmerresten, verführerisch der Stab verstummte.

Ordan und Jonas liefen in den Saal, halfen hoch, befreiten Hemma aus den Gittern.

„Du hast geholfen", atmete Ordan auf, „und befreit."

„Ich habe kämpfen können und durfte siegen."

Hemma an Ordans Seite lächelte zu. „Bei allen Geistern und Göttern, mein Gott, ich dachte nicht, euch wiederzusehen, habe es gehofft, als die Wunden heilten", strahlte sie; lieben, tun, was sie vermochten

175

und von Pronus nichts übrig als das klägliche Häuf-
chen, das so viel Leid und Unheil verursacht hatte. Gemeinsam Aufbruch, Frohsinn, führte Agaton den Stab
an den Platz im Stein; beseelt einander in den Armen.
Rau am Morgen danach, tanzten die Menschen bald
in den Straßen, in die Erde getreten, das Grauen an
sich selbst verbrannt.